紬《ツムギ》
（……なんだか、
赤ちゃんの考えていることが
わかった気がするんだけど、
思い過ごしかな？）
残念ながら、
ハズレ聖女
Zannen nagara, hazure seijo deshita
でした
～保育士は幼児や竜の子と
ともに楽しく暮らす～

クレイル
「ゆっくり話をなされるんでしょう？」
「あのね、怜さん。紙おむつって作れたりするのかな？」

怜《レイ》
「面白い着眼点だね、紬」

「そのドラゴンは危険な生き物ではありません！
その子は母親の病気を治すための薬を探しにきたんです！」

残念ながら、ハズレ聖女でした

Zannen nagara, hazure seijo deshita

～保育士は幼児や竜の子とともに楽しく暮らす～

三船十矢　絵 中條由良

口絵・本文イラスト
中條由良

装丁
coil

CONTENTS

本書は、二〇二二年にカクヨムで実施された
「楽しくお仕事in異世界」中編コンテストで優秀賞を受賞した
「実は聖女じゃなくて聖母です　～異世界で保育士はぷにぷに幼児と愛され
人生を送る～」を改題の上、加筆修正したものです。

序章

本の音読を終えた金髪碧眼《へきがん》の幼い女の子が、達成感に満ちた顔を上げる。

「上手だった？」

「はい、お上手でしたよ、レイチェル様！」

紬《つむぎ》の言葉を聞いたレイチェルが嬉《うれ》しそうな笑みを浮かべた。まだ五歳なのだから、本を読むだけでも偉業なのだ。

（本当に上手《うま》くなりましたね）

そう紬はしみじみと思う。出会ってから数ヶ月だが、子供の成長は目覚ましい。できなかったこと、たどたどしかったことが日に日に上手にできるようになっていく。読んでいたのは『こねこのおてがみ』という本だ。しっかりと文章が読めているのはもちろんのこと、登場人物たちのセリフも人間味をしっかりと表現できている。

「えへへへー、すごいでしょ？」

いつもなら、まるでご褒美を欲しがる小動物のようにレイチェルが擦り寄ってくるのだけど、なぜか今日はそうならなかった。すすす、と部屋の端へと歩いていく。

……おや？

「レイチェル様？」

近づこうとすると――

「ダーメ、ツムギはあっち！」

そんなつれないことを言い、背中を向けてゴソゴソと何かをしている。名門ファインツ公爵令嬢の部屋だけあって広さはかなりのもの。離れていると何をしているのか全くわからない。

きっとかわいい悪巧みに違いない――そんなことを思いながら、紬はさりげなくレイチェルを視界の端で見守りつつ、部屋の片付けを始めた。

やがて、何かを終えたレイチェルが近づいてきた。

「ツムギ、プレゼント」

大切そうに両手で胸に抱いていた紙を紬に差し出す。

「……これはなんですか、レイチェル様？」

「お手紙」

受け取った手紙にはこう書いてあった。

『ツムギ、いつもやさしくしてくれて、ありがとう。だいすきだよ。レイチェル』

じーんときた。

この手紙を家宝にしようと思えるくらいに、じーんときた。

レイチェル付きのメイドとして日々を過ごす紬に対する、感謝の気持ちの表れだった。

よくしてもらった、という記憶ばかりなので苦労が報われたという感覚は特にないのだけど、満たされる気持ちがあるのは事実だ。

「ありがとうございます、レイチェル様！」

照れた様子のレイチェルがにっこりと笑って、紬の腰に抱きついてきた。

「ツムギ、大好き！」

「うふふ、私も大好きですよ」

向けられた愛情を受け取り、自分の愛情を返す。ただそれだけのことなのに、心が通じ合ったかのような心地よい気分になれた。

レイチェルの頭を撫《な》でていると、気持ちよさそうな顔をしたレイチェルが好意一〇〇％の視線で見上げてくる。レイチェル本人の印象もあって、まるで子猫を撫でているような気分だ。

落ち着いた仕事環境に、かわいい子供。

（ううむ、幸せだなあ……）

しみじみとそんなことを思う。

こちらの世界に来る前、紬は保育士の仕事をしていたのだが、その経験がおおいに役に立っている。子供のレイチェルと良好な関係が築けたのも、そのおかげだ。

そして、それだけではない。

他の家の貴婦人たちの間でも紬の育児力は評判になっていた。子供たちがあっという間に懐いてしまうのだから当然だ。紬は社交界における時の人になりつつあった。

（なんだか、過剰な評価のような気もするのだけど……）

夢のような状況すぎて、謙虚な人物である紬としては恐れ多いものを感じてしまう。

「ねえねえ、お外に行こうよ！」

「はい、レイチェル様」

部屋を出るとき、思い出したかのようにレイチェルが口を開いた。

「あ、そうだ。いつものアレやってよ、ツムギ。お顔を撮って！」

「わかりました」

紬は両手の親指と人差し指で長方形を作り、それをレイチェルの顔に向ける。子供の頃、カメラのポーズで人を撮る遊びをしていたときのように。

「ピクチャー！」

掛け声とともに、パシリ、という音がして、指で作った長方形の中にレイチェルの映像が映り込んだ。その映像を眺めてレイチェルが笑う。

「私、かわいいね！」

自信たっぷりだが、子供とはそういうものだ。そして、レイチェルの顔立ちは確かに美しい。すでに成人している実の兄も美男子なので、将来は楽観しても問題ない。

紬が指の長方形をほどくと映像が消える。

これは映像魔法というものだ。文字通り、映像を扱うための魔法。こちらの世界に来てから興味を持って勉強している。

（まだまだ初歩の初歩しかできないけど……）

腕を上げれば映像を残すこともできるが、今の紬にはできない。まだまだ腕を磨く余地があるのだけれど、それは幸せなことだった。なぜなら魔法を学ぶことが楽しいから。夢中になれることがこれから先にもたくさん残っているのだ。

レイチェルが紬の手を取って歩き出した。

「ねえ、ツムギ！　今日は何をして遊ぼうかな⁉」

ご機嫌なレイチェルとともに、紬は広大な公爵家の屋敷を歩いていく。

現代日本で保育士をしていた紬は、異世界の公爵家で子供たちに囲まれながら、魔法の勉強をしたりして楽しく暮らしている。

どうしてそうなったのかというと――

第一章　聖女召喚――二人の候補

「それじゃあね、バイバイ！　つむぎせんせー！」

夕方、保育園の教室に女の子の元気な声が響いた。女の子の年齢は四歳で、無邪気な表情で手を振っている。教室の外には、お迎えに来た子供の父親が笑顔で待っていた。

紬《つむぎ》もまた元気に両手を振る。

「うん、バイバイ！　気をつけて帰るんだよ！」

「つむぎせんせー！　ぎゅーして！」

両手を広げて近づいてくる女の子を、紬は片膝《かたひざ》をついてぎゅっと抱きしめた。まるで太陽の日差しのように、子供はいつだって元気と幸福のエネルギーに満ちている。こうやって抱きしめると、それをお裾《すそ》分《わ》けしてもらった気分になれた。

「つむぎせんせー！　やさしー！　すきー！」

一〇〇％純粋な好意が胸に染み込んでくる。紬はにっこりと笑って女の子の背中をぽんぽんと叩《たた》いた。

「ありがとう。私も好きだよ。気をつけて帰ってね」

「うん、つむぎせんせーもね！　じゃ！」

女の子が教室を出て父親と一緒に帰っていく。その親子と入れ替わりに、こちらに向かってくる別の園児の親の姿が見えた。

子供たちを一人一人預かって始まる保育園の仕事は、子供たちを一人一人帰して終わる。

最後の一人が帰り、子供たちのいなくなった教室を見回して、うん、と紬は頷《うなず》いた。

「今日も平和だったな」

ちなみに、平和が破壊されたという条件に、子供の喧嘩《けんか》と大泣きは含まない。日常茶飯事だからだ。

最後の雑事を片付けて、紬は保育園を出る。

紬は二二歳で、焦茶の髪を肩まで伸ばした女性だ。髪の色は地毛で、学生時代は染めていないのか？　と教師にチェックされて大変だった。

「いやいやいや！　これは地毛ですって！」

子供の頃の写真を見せて力説したのも懐かしい思い出だ。おかげで、

（絶対に子供の言い分に耳を傾けるぞ！）

そんなふうに思えるようになったので、保育士としてはいい経験だったのかもしれない。

髪の色での悶着《もんちゃく》以外はわりと平凡な学生時代を送った後、専門学校に入って保育士の資格を取得し、卒業してからは今の保育園で働いている。

親にとって『宝』である子供を預かる仕事。当然、親の目には厳しさもある。大変な仕事ではあるけども、紬は天職だと思っていた。やりがいがあるし、何より大好きな子供たちの笑顔を見ることができるのだから、これほど楽しいことはない。

（よーし、明日も頑張るぞ！）

そんなふうに思える仕事と出会えたことに感謝しつつ、紬は眠りについた。

翌日――

保育士の朝は早い。なぜなら、親たちが出勤できるように子供たちを預かる必要があるからだ。つまり、一般的な出勤時間よりも早く保育園を開ける必要がある。

目覚めた後、紬はテキパキと朝食をすませ、テキパキと身支度を整えていく。ベージュのシャツに花柄のロングスカートを着て、トートバッグを持つ。いつもの出勤スタイルの出来上がりだ。

あとはワンルームの部屋から出るだけ、というところで、紬のスマホが震えた。

「ん？」

一週間後の予定を知らせる通知だ。そこには『母親の命日』と書かれていた。

（……ああ、そうだった……）

紬は高校生の頃に母親を病気で亡くしていた。父親とはもっと幼い頃に死別している。母親が残してくれていた遺産のおかげで、どうにか社会に出るまで生活はできたが。

晩年の、母親の言葉を思い出す。

「ごめんね、紬。もうお母さんはあんまり長くはないの。寂しい思いをさせることになるね」

「お母さん、気にしないで」

病室で横たわる痩《や》せ細《ほそ》った母に、大丈夫、病気なんて治るよ、と励ますことはもうできなかった。未来の形は決まっている。それに向けて、紬も時間をかけて心を整理していた。

だから、母の不安を振り払うように、こう伝えた。

「私なら大丈夫だよ！」

「……私もね、紬なら大丈夫だと思えるのよ。あなたって、おおらかだよね」

「うーん、そうかも」

友人たちから、海のように心が広い紬さんとはよく言われたものだ。

「でも、それが大丈夫な理由になるの？」

「あんまり細かいことを気にせずに、適当にやっていけそうじゃない？」

「説明が雑だよ、お母さん⁉」

「あなたの雑なところは、お母さんに似たのかもしれないね」

ふふふ、と小さく笑って母が続ける。

「あと、そうね……おおらかなのは心の強さでもあるから」

「心が、強い？　私の？」

そんなふうに思ったことがない紬は少しばかり驚いた。

「そうよ。何かを受け入れるっていうのは大変なことよ。不安はどうしても付きまとうから、それができる人は心が強い。あなたはそういう子だから、心配はいらないかなって」

「親の欲目だよー」

「最後くらい、ううん、最後まで欲目なのよ、親は。でも、これは欲目じゃないかな」

そして、こう続けた。

「お母さんがいなくなったら大変だろうけど、あなたはあなたで人生を楽しんでね。きっと、それはとても素晴らしいものなのだから」

しばらくして、母親は亡くなった。もう何年も経《た》つのに、今もまだ母の死を想《おも》うと心が冷える。

たった一人で世界に取り残された気分を今も拭《ぬぐ》いきれない。

そんな気持ちを振り払うかのように、紬はスマホをトートバッグに入れた後、両腕を振り上げて大きな声を発した。

「保育園に行かなきゃ！　滅入《めい》っている場合じゃない！」

子供たちの人生を、明るく楽しく染め上げる使命が紬にはあるのだ。

（行こう！）

玄関で靴を履き、ドアを押し開いた瞬間――

世界が一変した。

「おお、聖女様！　我らの召喚にお応えいただき感謝いたします！」

そこは広々とした石造りの部屋だった。眼前に西洋の聖職者が着てそうなローブに身を包んだ中年の男性たちが並んでいる。紬を見つめる彼らの表情は実に感極まったものだった。

ワンルームの我が家はどこへ？

この人たちは何？

押し寄せる混乱を、紬は一音にまとめて口から押し出した。

「へ？」

理解できない状況を整理しようと、紬は周囲を見渡した。

（……ええと、ここは？）

何かの広間のようだ。ただ、重厚な石材でできた天井や壁、柱に施された細やかな装飾と時代がかった雰囲気のせいで、何やら荘厳なものを感じてしまう。

（いやいや、ちょっと待って。さっきまでワンルームで朝の支度をしていたんですけど？）

明らかに場所が違う。

出勤の準備を終えて、玄関ドアを押し開けた瞬間、急に世界が変わった。

そして、自分の足元――

そこに広がる円形の魔法陣。

（これは、何？　召喚とか言った？　じゃあ、この魔法陣で、私をここに呼び出したってこと？）

それなりにゲームをした経験のある紬はすぐにその可能性にたどり着く。

（聖女とか呼んでた？　つまり、私が――）

その時だった。

ぱきん。

と何かが割れる音がした。同時、空間に黒い穴が開いて、そこからもう一人の人物が現れた。

「おおおおお⁉」

「え、聖女様が、もう一人？」

聖職者たちに困惑がよぎる。

紬の横に立っていたのは、美しい女性だった。艶めいた長い黒髪と、紬と同じ黒目を持つ――顔立ちは間違いなく日本人。

だが、紬とはまとっている雰囲気が違っていた。ほんわかとした紬と比べると、硬質な印象が強い。きっとそれは表情に微笑や動揺の成分が欠けているのと、白衣を着ているからだろう。

（白衣⁉）

こちらもまた、普通は着ることのない服だ。

現れた女性は眠たげな表情を左右に向ける。そして、不意に自分の頬を、ぴしゃりと叩いた。

（――え!?）

「……何も変わらなかったから夢ではないのか。まあ、痛みで夢が覚めるという言い伝えを信じるのも微妙な話ではあるのだけど」

彼女は億劫《おっくう》な様子で、少し乱れた髪と白衣の襟を正した。

「身だしなみが整っていなくて申し訳ない。朝方まで実験をしていてね。で、休憩室のドアを開けた瞬間、こうなっていた。どういう状況なのかな？」

白衣と顔つきの通り、混乱とは無縁の人間らしい。ここに来て「へ？」しか言えていない紬とは雲泥の差だ。

そこで代表らしき聖職者が質問に答えた。

「この国を守護する聖女様として、異世界から召喚させていただきました。どうか、我々の安寧《あんねい》を守るため、力をお貸しください！」

人がいい紬は、なんだか困っているから助けなきゃ！　と思ったが、白衣の女性はどこまでもクールだった。

「聖女というのは？」

「詳細は後でご説明いたしますが、聖なる力を使って人々を守り、瘴気《しょうき》を払う役割を担う女性のことです。我らの生活を守る重要な存在となります」

「……なかなか理解が難しい職業だな」

少し考えてから、白衣の女性が言う。

「申し訳ないが、こちらにも生活がある。戻る方法はないのかな？」

「あ、はいはいはい！」

慌てて紬も手を挙げて存在をアピールする。

「私も戻りたいです！　あとで戻ってきてもいいので！　保育園を回す人数がカツカツなので、無断欠勤するとまずいんです！」

突然の失踪《しっそう》で同僚を驚かすだけでも紬には心苦しいのに、作業まで割り振ってしまうとなると土下座の気分だ。

しかし、聖職者は首を振った。

「申し訳ありません。召喚は一方的なもの。戻す手段はありません」

「そ、そんな……！」

紬はガラガラと足元が崩れるような気分を味わった。戻れないなんて！

隣の白衣の女性が何かを言い返すかと紬は期待したが、彼女は別の話題を口にした。

「ところで、私がここに来たとき、少し驚いていたと思うのだが。確か『聖女様が、もう一人』と。どういうことかな？」

「え、ええ、それは……」

しどろもどろになりながら、聖職者が応じる。

「その、召喚したのは一人だけでした。それが二人いらっしゃって――」

「じゃあ、聖女が二人……？」

紬の言葉に、聖職者がうなずいた。

「はい。こちらとしては多いほうがありがたいのですが」

「本当に二人ともなのだろうか」

白衣の女性がそう言った。

「召喚されたのは二人。だが、聖女は一人かもしれない」

「え……てことは、一人は偽物？」

（呼び出された上に偽物かもしれないなんて最悪なんだけど⁉）

紬の言葉に白衣の女性がうなずく。

「そうなるな。調べる方法はないのかい？」

「あります。聖女様の力に反応する水晶玉があります」

「そうか、ならば、それで検査を……しよう……」

白衣の女性の語尾が怪しくなり、急にぐらぐらと体が揺れた。

紬が慌てて体を支える。

「だ、大丈夫ですか⁉」

「ありがとう」

そう言ってから、白衣の女性がこう続ける。

「すまないが、三日ほど徹夜していて眠気が限界なんだ。少し寝させてもらえな——ぐー」

そんなことを言いつつ、白衣の女性は眠ってしまった。

その後、紬は白衣の女性とともに別室に案内された。

家具の質感こそは現代日本のものには届かないが、高級ホテルのように整えられた部屋だった。

白衣の女性はそのまま、ベッドで眠っている。本当に疲れていたのだろう、寝息すら立てず、まるで死んでいるかのようだ。

彼女が目覚めるまで状況は動かないのだろう。

窓から外を眺めると、そう遠くない場所に大きな街があった。どうやら、この建物は街の外にあるらしい。

そして、西洋風の城が街の中央にあるのが見える。

城、聖職者、魔法陣、聖女……。

次々と出てくるファンタジーな道具立て。おまけに聖職者は『異世界から呼び出した』と言っていた。

彼らにとっての異世界が紬たちの世界なら、紬たちから見ればここそ異世界。

（来ちゃったわけか……異世界）

その推測に自信はあったが、いまいち現実感がない。なぜなら、それは――

「私ってば、ただの保育士なんだけどなあ……」

自分が平凡だからだ。普通の自分が、今の特殊な状況には似つかわしくない。

カバンから取り出したスマホを眺める。今は一〇〇％で充電されているが、当然ネットは圏外。

（電子書籍、ダウンロードしておいてよかったな）

暇つぶしに紬は本を読み始めた。充電はできそうもないので、バッテリーが切れると読めなくなると思うと少し悲しい気持ちだ。

そうして、数時間が過ぎた頃、

「……おはよう」

目を覚ました白衣の女性が身を起こす。厳密には、白衣は壁にかけてあるので今は白衣を着ていないのだけど。

「おはようございます！」

「なかなか元気な声だね」

「それだけが取り柄なんですよね、へへへ」

「それはよかった。ところで、妙なことに巻き込まれたもの同士、自己紹介しないかい？　私の名前は葛城《かつらぎ》怜《れい》だ」

「天野《あまの》紬です。保育士をしています……うん？」

聞いた名前に覚えがあった。ネットのニュースサイトで何度か見たことがある。

「あれ？　同姓同名に有名な人いませんでした？」

「おそらく、その葛城怜と私は同一人物だと思うよ」

「えええええええ!?　あの、超有名な天才科学者の!?」

中学、高校、大学をそれぞれ二年で卒業後、修士課程には進まず、とても有名な研究所に就職した二三歳の才女だ。複雑な名前の論文をたびたび発表したり、業界では有名な賞を取ったりとよくニュースに出ている。

（どうりで、さっきの堂々とした態度も納得だ！）

「すごく頼もしいです！」

「頼りにしてもらってもいいよ。ただ、まあ、今回の件で役に立つ保証はないけどね」

「そんなことないですよ！」

「何かに優れた人間は、存外に何かが欠けているものなのだよ」

その言葉の終わりに、怜の腹から、ぐー、と音がした。ぐったりと怜が頭《こうべ》を垂れる。

「不眠どころか、あまり食事も摂《と》っていなかったからなあ……食事が欲しいと言ったら作ってくれるかな……？」

「あ、私、頼んできます！」

と立ち上がりかけたが、その前にトートバッグを漁《あさ》った。

「その前に。これ、よかったら！」

差し出したのはスナック菓子だった。

「君に、いいね、をあげよう」

怜は心底から嬉《うれ》しそうに言うと、遠慮なくスナック菓子を受け取った。本当に腹が空《す》いているのだろう。バリバリと勢いよく食べている。

部屋の前で待っている世話役のシスターに話をしてから戻ると、すでにスナック菓子の袋は空っぽになっていた。

「ああ、生き返った」

そこで、怜はハッとした表情になった。

「すまない。腹が減っていたので気がつかなかったが、ひょっとしてシェアする必要があったたかね？」

「あ、いえ、大丈夫ですよ」

「そうか、ありがとう。それでもまず確認するべきだった。どうにも気遣いが苦手でね。なるべく不快感を与えないように頑張っているのだけど……」

紬は怜が召喚されてきた時を思い出す。怜は身だしなみの乱れを謝っていた。それもその一環なのだろう。

「食べ方も、もう少し抑えたほうがよかったな」

「あははは、気にしないでください。私も周りなんて気にせずバリバリ食べるタイプですから」

「ありがとう、君は気遣いの人でフットワークが軽いね」

「そうですか？」

「私に菓子を渡して、すぐ用件を伝えにいく。簡単なことだけど、他人のためにテキパキ動ける人は少ないよ」

（普通にしたことなんだけどなあ……）

と紬は思いつつも、有名人に褒められて少しばかり気分が良くなった。照れながら返事をする。

「仕事柄なんでしょうね。保育士なんて、子供の相手に大忙しの日々ですから。子供は常に『待ったなし』です」

「子供か……私には縁のない生き物だが、きっと物理法則やプログラムよりも複雑な存在なのだろうね」

「そうですね。世界で一番、理不尽で不合理かもしれません。でもね、むっちゃかわいいんです！」

「物理法則やプログラムだってかわいいんだぞ?」

しばらくすると、シスターたちがやってきて軽食を届けてくれた。食べた食器が下げられると、すぐに聖職者が姿を見せる。

「もう大丈夫ですか?　それでは聖女判定の儀を執《と》り行いましょう」


聖女の力を試すための試験が始まった。

紬と怜はさっきとは違う部屋に案内された。そこは前の部屋ほど広くはなかったが、中央に祭壇があって、そこに水晶玉が飾られている。

聖職者が口を開いた。

「こちらの水晶玉に手を触れてください。聖女様のお力が反応して、大きな輝きとなります」

「なるほど。検証結果がわかりやすいのは素晴らしい」

うなずいた怜が前に進み、水晶玉に手を伸ばす。

(……大丈夫かな……)

紬はその姿に心配げな視線を送りながら回想した。部屋を出る前、怜がこんなことを言っていた。

「そんなに心配はしなくてもいいよ。聖女でないとすれば私だろうから」

鼻で小さく笑ってから、怜はこう続ける。

「だって、どう見ても聖女って柄じゃないだろ?」

確かに、白衣を着た聖女はデザインとして斬新かもしれない。

いずれかが聖女でなければ、心配なことがある。

(聖女じゃない人は、一体どういう扱いを受けるんだろう……？)


聖女が欲しくて、地球から人を召喚した。

だが、その人が聖女でないとすれば？

彼らにとっては不要な邪魔者でしかない。思いやりのある対応を期待できるとは思えなかった。

どんな手のひら返しが待っているのだろう。

(できれば、二人とも聖女なのがいいんだけど……！)

怜の手が水晶玉に触れた瞬間――

それはとてつもない輝きを放った。

「おお！　こ、これほどの反応とは！　凄《すさ》まじい力だ！　間違いなく聖女様です！」

聖職者が興奮気味にまくし立てている。

怜が手を離す。

普通に戻った部屋の中で、怜は平然としていたが、ただ不思議そうに自分の右手を眺めていた。

紬が声をかける。

「おめでとうございます、怜さん！」

「ありがとう。私ですら聖女みたいだから、君も大丈夫だろう」

続いて紬が水晶玉に近づいていく。

怜がどういう気持ちで試験に臨んだのか紬にはわからないが、紬本人としてはどうしても緊張が隠せない。別に聖女になりたいわけではないが、聖女ではなかったとしたらどんな目に遭うかわからない。聖女でないと困るのだ。

（お願いします、お願いします、お願いします！　聖女でありますように！）

そんなことを念じつつ、紬は水晶玉に触れたが――

反応は何もなかった。

「……え？」

紬には信じられなかったので、何度も何度もペタペタと水晶玉に触れるも、何の反応も現れなかった。

「え、え、え、あ……」

（困るんだけど!?）

紬の異変に、そして、なんの変化もない水晶玉に周囲の聖職者たちも気がつき始めた。ざわざわと何かを話し合う声が紬の耳に飛び込んでくる。

明らかに声には疑惑の響きがあった。

（ひいいいいいいい！　どど、どうしよう!?）

そっと紬が振り返ると、聖職者の視線は皆冷たく、表情には失意が浮かび上がっていた。

紬は聖女ではない――

その事実が、残酷なまでに突きつけられる。

そこで、知らないわよ、あなたたちが勝手に呼んだだけじゃない！　と開き直れる性格ならいいのだが、あいにく紬は人がいいので、ただただ動揺するだけだった。

そのときだった。

状況を見守っていた怜が前に歩み出る。

「静かにしてもらいたい」

その一言で、部屋のざわめきがトーンダウンする。

「確認したいのだが、私は聖女で間違いないか？」

「はい！　あなた様こそが間違いようのない聖女様です！」

ぶんぶんと首を縦に振って肯定する聖職者に、怜は言葉を続けた。

「わかった。ならば、ここに私が聖女としての任務を全《まっと》うすることを約束しよう。君たちの願いに必ず応えることを」

怜の言葉に、おお！　と喜びの声が湧く。だが、そんな周囲の熱になんの反応も示さないまま、怜は次の言葉を続けた。

「その代わり……そこの彼女、天野紬の安全と生活を保障して欲しい」

「え⁉」

驚きの声を上げたのは紬だ。

「だ、だめですよ！　そんな、私のために犠牲になるなんて！」

「……いや、犠牲でも何でもない。ただ報酬を吊《つ》り上《あ》げただけだよ。そもそも、この世界から私たちは出ることができないんだから。である以上、私は聖女になるしかないんだよ」

振り返った怜が、まるで簡単な方程式の答えを口にするかのような明瞭《めいりょう》さで言った。

「いいかい、紬。私たちはたった二人の異邦人だ。できれば、互いに助け合いたいと思っている。どうしても気になるのなら、さっきの世話の礼だと思って欲しい」

「怜さん……」

会話が途切れたタイミングで、聖職者が口を開いた。

「わかりました。そちらの女性の身柄の安全は間違いなく保障いたします」

「わかった、それでいい」

その後、怜は聖職者たちに連れていかれた。一方、紬は別の部屋で待機することとなった。


それから一〇日が過ぎた。その間、食事は出されるものの、特に干渉されることもなく、ダラダラと紬は暮らしている。三食昼寝付きで楽なことこの上ないが、勤労精神の強い紬にとってはあまり気分のいいものではない。

（それにさ、こうやって安穏としていられるのは怜さんが交渉してくれたからで――今も怜さんは聖女として頑張っているのに。助けてもらった私が何もしないのは辛《つら》い）

とは言いつつも、完全にお客さん扱いで何もすることがない。

聖女候補だからというのが彼らの言い分だが、それは建前で、どちらかというと腫《は》れ物《もの》扱い、あるいは厄介払いな感じを紬は受けている。居心地は良くない。

（……確かに、聖女だと思ったら聖女じゃなかったんだもんな……）

呼んでみたら、なんか違うやつがきた！　的な。

めんどくさいやつ感があるのもわからなくはないけれど、こちらが望んで呼ばれたわけでもないので微妙な気分だ。

そんな感じで、紬は悶々《もんもん》とした日々を過ごしていた。

ちなみに、紬が居候しているのは大きな教会だ。聖女召喚をするくらいなのだから、格式の高さは最高級だ。

よって、紬は貸してもらったシスター服を身にまとっている。

暇を持て余し気味の紬にはお気に入りの場所があった。それは教会内にある図書室だ。とっくの昔にスマホのバッテリーは死んでしまったので、暇をつぶす数少ない手段だ。

ありがたいことに、書かれている言葉は謎言語だが、見た瞬間に意味がわかる。

(現地人とも話せているし、そういうものなのかな？)

深く考えない気質の紬は、そんな感じにあっさりと受け入れた。

最近のお気に入りは『魔法』に関する本だ。

異世界から人を召喚するだけあって、この世界にはさまざまな魔法が存在する。まさにゲームの世界に出てくるような炎や氷を操る魔法や、ポーションを作る錬金術など。

(わあ、すごい！)

図版を眺めながら、紬はうっとりする。こんな力が使えればどんなに素敵だろう！

(ん？)

そこで紬は思い直した。

なんだか勝手な思い込みをしている気がする。

(そっか、別に魔法が使えるように頑張ってもいいのか！)

だって、ここは異世界だから！　魔法が普通にある世界だから！　できないことを前提にするなんてもったいない！

(だとしたら、どんな魔法を使えるようになりたいかな？)

そんな基準で眺めていると、紬の目につくものがあった。

映像魔法――

それは、砂漠で見える蜃気楼《しんきろう》のように、幻の映像を作る魔法だ。そこで閃《ひらめ》くものがあった。

(子供番組、作れないかな?)

某公共放送の教育チャンネルでは子供向け番組を放送している。その完成度は凄まじく、日本中の親から感謝されているほどだ。保育園での歌や踊りの元ネタにもなっている。

映像魔法を扱うことができれば、自分の手で再現できるかもしれない!

動画作りに通じる部分もある。常々、寝る前の動画鑑賞を日課としていた紬としては、一度はやってみたいことでもあった。

(いいね!)

なんとなく、こちらの世界でやってみたいことが見つかって気分が上がる。

もちろん、今はまだ妄想だけで止めておくが。怜も頑張ってくれているのだ。色々と状況が落ち着いてからでいいだろう。

そんなわけで、紬の日課に『どんな映像を作ろうかな?』と考えながらの散歩が追加された。

その日も、色々と考え事をしながら教会の外を歩いていた。

教会の周りは集落になっていた。人々が家を建てて暮らし、店まで営まれている。ちょっとした村のようだ。

集落のさらに向こう側には城壁に囲まれた大きな街があった。ちょうど、怜が寝ていた部屋から見えた街だ。

街の中央には大きな城が建っている。

（確か、怜さんは城に連れていかれたんだよね）

大変じゃなければいいな、酷《ひど》い目に遭っていなければいいな、と思いつつ、紬は天才科学者の安否を祈った。

そんな感じで紬が村をシスター服姿で歩いていると、

「あんた、ひょっとして新しく手伝いに来る予定のシスターさん？」

いきなり年老いたシスターが話しかけてきた。表情と声色には妙な切迫感がある。

「ええと、私はその――」

老シスターは紬の話を遮ってまくし立てた。

「いいから、いいから！　別に遅れたくらいで怒ったりしないよ！　人手が足りないんだ。子供の世話ってのはいつも何かしら起こっているからね、忙しくて忙しくて！」

そんなことを言いつつ、老シスターが紬の手を引っ張っていく。手を払って拒絶することもできたが、紬はそうしなかった。

子供の世話という単語が気になったから。

紬にとって子供の世話は大好きなことで、得意なことなのだ。

（何か役に立てるかもしれない）

働きたくてうずうずしていた紬は、老シスターの勘違いに乗っかっていくことにした。

「ほらここだよ」

老シスターによって連れてこられた場所は、集落の一角にある大きな建物だった。

もしれない。

「ここは養育施設なんだ」

玄関を通り抜けた先の広間には、赤ん坊から六歳くらいまでの子供たちが暮らしている。

人数はとても多く、一〇〇人くらいはいそうだ。

そこにシスター服を着た一〇人くらいの女性が動き回り、忙しそうに彼らの世話をしていた。

見慣れた風景に紬の胸は高鳴った。ひょっとすると、戦場を前にした兵隊のような気持ちなのかもしれない。

「ここは、どういう……？」

「教会が作った建物で、訳ありの——親が面倒を見られなくなった子供を預かって育てているんだよ。大切な命だもの。守ってあげなくちゃいけないだろう？」

「はい！　そう思います！」

子供は絶対に幸せじゃないといけない！

それが信条の紬はものすごい勢いで老シスターの言葉に同意した。

老シスターが続ける。

「ただ、予算には限りがあるので、なかなか人手も少なくて。そんなとき、シスターの一人が田舎に帰ることになったんだ。ご両親が体調を崩されたらしくて。もう限界だということで、あんたに来てもらったわけ」

「それは頑張らなきゃですね！」

紬はやる気一〇〇％で腕まくりをした。

勘違いですよ、ですませるつもりはない。保育士としての意地とプライドをここで炸裂《さくれつ》させてやろうと燃えていた。

そんな会話をしていると、おそらくは二歳児だろう、身長八〇センチぐらいの女の子が近づいてきた。おむつだけを穿《は》いていて、上半身は裸。ぷにぷにと肉付きがよくて、とても元気そうでかわいい。

幼女が、紬たちを見上げてこう言った。

「うんち、でた」

懐かしの風景、懐かしのセリフ。

その瞬間、紬のお仕事モードはオンになった。心が臨戦態勢に入る。

「わかった、おむつ替えようね！」

さっと膝《ひざ》をついて、幼女の目線に立って紬が言う。

そんな紬を見て老シスターがほほ笑みを浮かべた。

「あら、頼もしいね。おむつ替えに使うものはあそこの棚にあるから好きに使って。わからなければ誰かに聞けば教えてくれるよ」

そう言うと、老シスターは忙しそうな様子で他の場所へと移動した。

いきなりの放置。

だが、何も問題ない。鍛え抜かれた保育士である紬には、次に何をすればいいのか、全てわかっているのだから。

「こっちにおいで！」

女の子を呼んで、教えてもらった棚へと誘導する。

新しいおむつに手を伸ばして、紬は固まった。

(布おむつ⁉)

日本では紙おむつが主流。だが、どうやらこの時代では布おむつのようだ。布なので、使い捨てにはできない。

つまり今、幼女が穿いている、排泄物《はいせつ》のついたおむつにも同じことが言える。

だが、そんなことで紬はひるまない。

洗えばいいだけではないか！

おむつから排泄物が漏れることなど普通にある。そんなものは保育園の日常なので、それで焦ったり驚いたりはしない。

幼女のお尻《しり》を綺麗《きれい》にした後、新しいおむつを穿かせる。

肌触りが気持ちいいのだろう、ニコニコと幼女はほほ笑むと、

「うんち、きれいなった」

たどたどしい言葉で嬉《うれ》しそうに言い、走ってどこかに行った。

「えへへ～よかったね～」

嬉しそうな様子を見て、ついつい紬の表情は緩む。一仕事終えた充実感に浸りながら。

(いや、まあ、まだ終わってないんだけど)

彼女が『いたした』布おむつにはまだ、どっかりと『それ』がのっかっている。

こいつを処分して、おむつを綺麗にしなければならない。

(水洗トイレがあるのは本当に助かった)

異世界に来て一番ホッとしたのは、トイレ事情だ。こちらの世界は、どうやら科学ではなく魔法が発達しているらしく、魔法の力で現代社会に近いレベルの快適さが維持されていた。

そのひとつがトイレだ。

トイレについては日本と遜色《そんしょく》がない。

紬はおむつから『それ』をトイレに落として、水を流す。『それ』はあっという間に下水道の向こう側へと消えていった。

性能も充分。下《しも》の悩みがないことはいいことだと紬はしみじみと感じた。

「ふぅ」

ため息が口から漏れるが、まだ終わりではない。布おむつを水道で軽く洗った後、つけおき用のたらいに入れて、再び戦場へと舞い戻る。

紬に疲れはなかった。

ただただ、充実感だけがあった。

心持ちは狩人《かりゅうど》のようだった。誰だ！　次に私にお世話されたいのは！　そんな気持ちだ。

探す必要などなかった。これだけ子供がいるのだから、トラブルはどこにでも起こっている。

「あの、ごめんなさい！」

シスターが近づいてくる。彼女の胸元からは、びえんびえんと大泣きする赤ん坊の声が聞こえてきた。

一歳前後ぐらいの、実に小さな赤ちゃんだ。

「この子、お腹《なか》が空《す》いてるみたいで！　ミルクを用意してもらえませんか⁉」

「任せてください！」

威勢のいい返事とともに、紬は台所へと向かう。

ここもそれほど現代日本と変わりはないようで、当たり前のように水道の蛇口や火をおこすコンロらしきものが設置されている。

「わっ、粉ミルクまであるのね！」

粉ミルクの缶を見つけて、紬は感心してしまった。まさに魔法の力、万歳である。

（住み慣れたら、なんとかやっていけるかもね？）

粉ミルクからミルクを作って持っていくと、困り顔のシスターが明るい表情を作った。

「ありがとう。待っていたわ！」

その間も、間断なく赤ん坊は泣き続けている。粉ミルクからミルクを作るのは時間がかかるので、なかなか辛い時間だっただろう。

シスターが哺乳《ほにゅう》瓶を受け取って、赤ちゃんに飲ませようとするが、しかし、

「あれ？」

赤ちゃんは全然、飲もうとしない。ギャーギャーと泣きながら、小さな両手両足をバタバタさせている。

「……あれ、飲んでくれない？　お腹が空いているんじゃないの？」

（むぅ、違うか……）

赤ちゃんあるある、腹が減ったのかと思ったら、実は違う理由だったパターン。そこが赤ちゃんの扱いの難しさだった。大人のように欲求や不満を言葉にできないので、イエスかノーかしかわか

らない。

（うーん、ミルクじゃないとしたら、なんだろう……）

じっと赤ちゃんを眺めながら考えていると――

ふと、紬の頭に閃くものがあった。

（うん？　寝たいけど、寝られない？　横抱きは気持ち悪いから、縦抱きにして欲しい？）

突然、そんな言葉が湧き出てきた。

自分の中で思いついたのだろうか？　と紬は思ったが、それとは違う感じだった。頭の中に浮かび上がったアイディアというよりは、どこか外から流れ込んできたというか。

そこには、何かしらの意志があった。

（え、どういうこと……？）

紬は首を振った。

（いやいやいやいやいや！　今は考えている場合じゃない！）

「あの、赤ちゃんを縦抱きにしてみてはどうでしょうか？」

「え？」

今まで赤ちゃんを横抱きにしていたシスターは半信半疑の表情を浮かべつつも、言われた通りにした。すると、この世の終わりのように泣いていた赤ちゃんの声がだんだんと小さくなっていく。

やがて、すうすうと穏やかな寝息を立てて眠ってしまった。

シスターが、はあ、と大きく息を吐く。

「……助かったわ」

その顔には疲労の色が濃かった。おそらく、赤ちゃんの泣き声にずっと苦しめられていたのだろう。抱き方ひとつで赤ちゃんは不機嫌になって泣くのだ。大人にしてみればどちらでもいいじゃん！　という違いで。

だからこそ、正解にたどり着くのは難しい。

紬はニコリとほほ笑んだ。

「よかったです」

達成感を覚えつつ、紬は内心で首を傾《かし》げた。

（……なんだか、赤ちゃんの考えていることがわかった気がするんだけど、思い過ごしかな？）

その後も、紬は獅子《しし》奮迅《ふんじん》の活躍を見せた。子供たちが巻き起こすトラブルを片っ端から解決していく。

働き続けていると、再び老シスターが話しかけてきた。

「なかなかやるじゃないか。未経験だと聞いていたから、猫の手くらいにしか思っていなかったんだけど」

「お役に立てて光栄です！」

前職でバリバリでした！　とも言えないので、紬は別の言い方で応じた。

直後、養育施設のドアが大きな音を立てて開き、大きな声が聞こえてきた。

そこに若いシスターが立っていた。

「すみません！　本日到着予定だったんですが、遅れてしまって！」

「え？」

老シスターが首を傾げる。続いて、その視線が紬に向いた。紬は曖昧《あいまい》な笑みを浮かべて当座の返事をごまかす。

内心では心臓がバクバクと鳴っていた。

（本物さんが来ちゃった！）

おそらく、彼女こそが老シスターの探していた人物なのだろう。

腑《ふ》に落ちない様子で老シスターが口を開く。

「え、いや、代わりの人はこの人じゃないのかい？」

紬は観念した。

「ええと、その……」

どう言って謝ろうかと悩んでいると、別のシスターが老シスターに話しかけた。

「あの……この人、召喚された聖女様じゃないですか？　珍しい黒目とか私たちと違う顔立ちとか……噂《うわさ》になっていた特徴と似ているなあと思っていたんですけど」

「ええ⁉　そうなのかい⁉」

驚く老シスターに、紬は頷《うなず》いてみせた。

「あの、ええと……聖女ではないようなんですが、その召喚された人です……お手伝いできることがあるかなと思って、つい……」

「あああ、私は何てことをしてしまったんだい⁉　聖女様になんてことを⁉」

いきなり土下座しようとする老シスターを、紬は止めた。

「いや、あの、気にしないでください！　大丈夫ですから、私が望んでしたことだから全く気にしていません。私個人が働きたいと思って手を挙げたんです。だから――」

老シスターの目をじっと見つめながら、紬は続ける。

「ここで働かせてもらえませんか？」

「だけど、聖女様に子供の世話をさせるだなんて……」

老シスターは狼狽《ろうばい》したが、紬は熱意でその場を押し切ることにした。

「私は聖女ではないので！　大丈夫です！」

だが、老シスターの心配は当たった。

二日後、紬が養育施設で働いていると、ぞろぞろと聖職者たちがやってきた。この世界での生活もそれなりの期間になっていたので、彼らが教会の上層部だということに紬はすぐに気がついた。

気になるのは、どうにも剣呑《けんのん》な雰囲気をまとっていることだ。

（何事だろう……？）

代表者が強い口調で老シスターを呼ぶ。

「なんでございましょうか？」

「ここで聖女候補者のツムギ様が働いていると聞いたが、本当か⁉」

その言葉を聞いた瞬間、老シスターが露骨に慌てふためいた。

「は、はい……本当でございます……」

「貴様、なんということを！　聖女候補に何者ともわからぬ子供の世話をさせるなど！　神への敬意を失ったか！」

「そ、そのようなことは決して！　申し訳ございません！」

平身低頭に老シスターが謝る。

そんなやりとりを眺めていて――

ぶちっ。

紬は頭の血管が音を立てるのを感じた。

ずんずんとした足取りで老シスターのもとへと向かう。そんな紬の姿に気がついた聖職者が口を開いた。

「おお、ツムギ様！　このような――」

「何者ともわからぬ子供ってなんですか！」

いつもはほんわかしている紬からは想像できない迫力に聖職者が口をつぐむ。

「子供たちに失礼じゃないですか⁉　どんな子供にだって大切にしてもらえる権利はあるんですよ！」

聖職者の目が困惑していた。親のいない子たちに肩入れする紬が理解できないのだろう。それは彼らの価値観というより、この世界の価値観だった。だけど、紬はそれに合わせるつもりはない。困っている子供たちがいるのなら、大人は手を差し伸べるべきなのだ。

聖職者が軽く咳払《せきばら》いする。

「……た、確かにそれは、その……失言ですな……しかし、私としては聖女であるあなたの身を案じてですな……」

「案じてもらわなくて構いません！　これは私が望んだことですから！」

「しかし、聖女候補者であるあなたには立場が――」

「立場？」

ぴきっ。

再び紬の血管が音を立てた。

「立場も何も！　私は聖女じゃないでしょうが⁉　あなたたちが勝手に間違えて召喚した元聖女候補です！　いい迷惑ですよ！　大切に思ってもらわなくて結構！　せめて私がしたいと思う仕事の邪魔をしないでください！」

「そ、そうまでおっしゃるのなら事を荒立てるつもりはありません……それでは、ツムギ様の今後が決まるまで、お好きになさってくだされば……」

そんな感じで、すごすごと聖職者たちは帰っていった。

紬は紬ですっきりしていた。あなたたちが勝手に呼んだんでしょう！　という気持ちは少なからずあったので、それをぶちまけられて少しばかり気分が良くなった。

老シスターが口を開く。

「い、いいのかい？　本当に……？」

「大丈夫なんじゃないですかね。腐っても聖女候補ですから」

この肩書きは、紬にとってはさほど意味はないのだけど、どうやら彼らには大切なようだ。露骨な嫌がらせなどできるはずもないだろう。

（よーし！　これで気持ちよく働ける！　子供のお世話ができる！）

そんなわけで、紬は再び気持ちよく働き始めた。

「これ、あーちゃんの！」

「ほぉしぃいいいいいい！」

三歳児くらいの小さな子供たちが絵本を取り合っている。

一方を立てれば一方が立たず。両雄並び立たず。なぜなら、その補修に補修を重ねた絵本は世界に一冊しかないから。

それでも、紬は慌てない。

（そうそう、これが子供だよねー）

仏のような心で近づく。

「はいはい、これはあーちゃんが読んでいたものだからね」

結局のところ、どちらかのものにしかならない。あーちゃんは喜んで絵本を読み始め、もう一人は号泣した。

紬はその子を抱き上げる。

「ごめんねごめんね。我慢してね。じゃあ、お姉さんが一緒に絵本を読んであげるからね」

別の絵本を向けると、その子はすぐに泣き止《や》んだ。

（今回はこれでいけたか……）

ほーっと、内心で紬は胸を撫《な》で下《お》ろす。いつも同じ手が通用するとは限らないのが難しいところだ。

だけど、正解にたどり着く価値はある。その子は、さっきまで泣いていたのが嘘《うそ》のように明るい表情を浮かべている。そんな笑顔を見ていると、たまらなく紬は気分が良くなる。

（うんうん、値千金だねえ）

育児が好きな紬にとっては、素晴らしい報酬だ。

「ねえ、ちゅむぎ」

「うん？」

「おうた、うたって？」

歌！　そこで怯《ひる》む紬ではない。なぜなら、子供と歌は切っても切れない。保育士の腕の見せ所だ。

「うーん、そうだねー……」

なんて言いながら考えているが、これはやるかどうかではない。やるのだ。やってみせるのだ。

問題は、どうやるか。どの歌がウケるか。

紬は読み終えた絵本をかたわらに置いて、歌を歌い始めた。

歌のタイトルは『どんぐりころころ』――

「どんぐり　ころころ　どんぶりこ♪　おいけにはまって　さあたいへん♪　どじょうがでてきて
こんにちは♪　ぼっちゃん　いっしょに　あそびましょう♪」

果たして、現代日本の鉄板ソングのウケは？

「どんぐりどんぐり！」

「ころころ！」

「どじょうってなに？」

むっちゃウケてた。

というか、聴衆が増えていた。歌っている間に、興味を持った子供たちが紬の周りを囲んでいる。

（さすがは、どんぐりころころ！　どんぐりころころは異世界でも通用する！）

チート級の効き目に紬は内心でガッツポーズした。

「どんぎゅり、ころー♪」

「ころころころ、だよ？」

「ううん、どろどろだったよ？」

周りの子供たちがうろ覚えで歌を歌い始める。もちろん、歌詞はボロボロだ。このカオスはカオスで素晴らしいが、せっかく上達したい、と子供たちが思っているのだから、保育者としては手助けするべきだ。

「じゃーあー、みんなで歌おうね。どんぐりころころ、どんぶりこー♪」

「どんぐりこー」

「どんぐり、ころろ？」

紬が最初のフレーズを歌うと、子供たちは一生懸命に歌を真似《まね》ようとする。だけど、子供の記憶力は儚《はかな》い。大人からすれば簡単な繰り返しも難しい。そもそも、発音ですら難しいのだ。

（いやー、喋《しゃべ》れるようになるって、本当にすごいことなんだね！）

幼児たちの発達を眺めていると、いつも紬はそんなことを思ってしまう。彼らができないことを頑張って、常に成長していく様を見ているのが紬は好きだった。

もちろん、見ているだけではなく、応援するのが紬の仕事だ。

「よーし、頑張ろうねー。もう一回！　どんぐり、ころころ、どんぶりこ♪」

繰り返すたびに、周囲の子供たちの数が増えていく。みんな楽しそうに歌を歌っている。最初の子と絵本を争っていた子供も、今は絵本を置いて、どんぐりころころを歌っている。

みんなで楽しそうに過ごしている——

子供たちの時間が『楽しい』で満たされていく。そんな状況が紬には最高に心地よい瞬間だった。

(うんうん、よかったよかった)

子供たちは、もう紬の指導を離れ、思い思いに歌っている。それは調子っぱずれで、やっぱり歌詞は間違えていたけど、紬は、それでいいと思っている。子供たちは子供たちなりに上達しようとしている。指導は大事だけど、強制しすぎるのもよくない。

(今日はここまでかな)

そんなことを思っていると、子供が近づいてきた。

「ねえねえ」

「どうしたの?」

「どじょうって、なに?」

「どじょうかー」

うーん、と考えてから、紬は答えた。

「小さいお魚さんだね!」

「ふーん、そうなんだ」

子供の反応は薄い。それはそうだ。だって、『小さいお魚』に具体的な情報はないのだから。

(……自分の描写能力の低さが憎い!)

そのとき、頭に浮かんだのは『映像魔法』だ。

あれさえあれば、どじょうがどんなものか、簡単に描画できるのに！

（やっぱり勉強したいなー）

色々と落ち着いたら、ぜひ。落ち着くことはあるのだろうか……？

そんな感じで、子供たちのお世話で大忙しのうちに、二ヶ月があっという間に過ぎていった。

ある日、紬が養育施設の庭にゴミを運んでいると、老シスターが話しかけてきた。

「ツムギ、本当にありがとう」

「え？」

「あんたが働き者で助かっているよ。無理してないかい？」

「大丈夫ですよ。そんなに頑張っているつもりはないんですけどね？」

紬視点だと普通にこなしているだけなのだが。むしろ、他のシスターたちのほうが頑張っているようにすら見える。

「何を言ってるんだい！　あんたのおかげでどれだけ仕事が減ったか。頑張っていないはずがない！」

実際、他のシスターと紬とでは効率が違った。現代日本の、不足する保育士事情で鍛え抜かれた紬の保育力は常に最適にして最速、他を圧倒している。紬本人はあまり意識していなかったが。それでも――

（認めてもらえたんだ……！）

自分の力が認められたのは事実で、紬の気分は上がってしまう。

「それに、子供たちの扱いもわかっている。もう子供たちは誰よりもあんたに懐いてしまっているよ。あんたの子供たちを慈しむ気持ちは筋金入りだ。それがあの子たちにも伝わっているんだよ」

「子供のお世話は大好きですし、気を抜かないようにしていますね」

それが紬の、個人的な職業規範だった。

子供たちの家庭事情も性格も千差万別だが、幼年期は皆にとって等しい期間しかない。その短い時間を、少しでも安心と幸福で埋めてあげたい、と紬は考えている。

「私だけじゃない、みんな、あんたに感謝しているからね」

「お役に立てて嬉《うれ》しいです」

この二ヶ月は、紬にとっても極上の時間だった。自分のスキルが活《い》かせて、感謝までされるのだから！　こんなに心地よいことはない。

だけど、老シスターは眉《まゆ》をひそめた。

「ただ、聖女候補のあんたをこき使っているのはいまだに胸が痛むよ」

「前にも言いましたけど、聖女じゃないんですよね。なんか、うっかり別の世界から間違って呼ばれたみたいで」

「そうかねえ……、あんたの立ち振る舞いは、まさに聖女様って感じだけど」

老シスターは首を振ってから話題を変えた。

「そうそう、その聖女様が近々いらっしゃるそうだよ」

「え、本当ですか⁉」

「あんたの引き取り先が見つかったらしくてね、報告も兼ねてこちらに来るんだってさ」

「ええ⁉　そうなんですか⁉」

怜に会えることは喜ばしいことだが、悲しいことにも紬は気がついてしまった。

「引き取り先が見つかったということは……ここを出るということですか？」

「そうなるね……そういう約束だから。あんたがいてくれて助かったんだけど、これればかりは仕方がない」

紬はしょんぼりした。

わずか二ヶ月とはいえ、もう全員の子供たちと仲良くなった。その子供たちとお別れをしなければならないと思うと辛いものだ。

もうすでに紬に懐いてくれている子も多いのだから。

だけど――

「仕方ありませんね」

漏れそうなため息を押し殺しながら、紬は今後を受け入れることにした。

怜がやってくる日も、紬はあいも変わらず子供の世話で忙しかった。

今、紬は小さな小さな、生まれてほどない女の子を抱いている。お金の関係で育てられないと引き渡された生後一ヶ月の赤ん坊ちゃんだ。

（ふわー、小さい小さい……）

まるで、人間のミニチュアのように赤ちゃんが小さい。紬が勤務していた保育園は月齢五ヶ月からしか扱っていないので、さすがに経験がない。

（むむむ、これは気をつけなければ）

そこで、不意に男の声が響く。

「聖女様のご登場である！」

ドアのあたりに聖職者たちが立っている。

その真ん中に立っているのは、懐かしい人物だった。

（怜さん！）

久しぶりに、紬は怜と再会した。ただ、服装は以前のような白衣ではなく、聖女にふさわしい黄金の縁取りが目をひく、白を基調としたローブに変わっていたが。

怜の目が紬をとらえる。

「元気そうだね、紬」

周りにいる付き人たちについてこないよう手で合図してから、ゆっくりとした足取りで紬のところまでやってくる。

怜が周りの子供たちに目を向けた。

「すごいね、君は。自分の仕事まで見つけてしまうなんて。大変じゃないのかい？」

「ううん、楽しいことしかないよ。だって、好きなことを仕事にしているんだからさ」

嘘偽りのない気持ちを紬は語った。

怜は、うんと頷《うなず》いた後、紬が抱えている小さな赤ちゃんに目を向ける。

「ずいぶんと小さいな」

「生まれて一ヶ月だって。新しく入ってきた子だよ」

「赤ん坊を見たことはあまりないのだが、こんなにも小さいものなのか」

「こんなにも小さいものなんだよ」

そう言った後、紬は怜に抱いている子を差し出した。

「抱っこしてみる？」

「え、いや……」

「慣れてないんでしょ？　何事もやってみたら？　人間はさ、意外と頑丈なんだよ」

「ううむ……」

うなりながら差し出された怜の両手に、紬は赤ん坊を渡した。

おお！　とか、わあ！　とか妙な声があちこちから聞こえてくる。特に、怜の付き人たちが顔をくわっとさせている。

（……あれ？　ひょっとして聖女が抱っこするのって特殊な意味があったりする？）

日本にもそういうノリはあった。うっかり勢いだけで渡してしまったが、勢いがよすぎたのかもしれない。

（ま、まあ……本人の怜さんが断ってないし……）

その、抱いた赤子にご利益を与えるはずのありがたい聖女様は、威厳をどこかに置き忘れたかのようにオロオロとしながら、

「こ、こ、これは……!?　すごく華奢《きゃしゃ》で脆《もろ》いんだが!?　重力が、重力が消失している!?」

なんだか科学者としてどうかと思うことを口走っていた。

「赤ちゃんはそんなもんだよ。でも、すぐに大きくなるけどね。大切に扱ってあげてね？」

「さっき頑丈だって言ったじゃないか!?」

「大切にお世話するのが前提だよ？」

うふふふと笑いながら、紬は怜から赤ん坊を受け取る。腕に、頼りない重みが帰ってきた。それでも確かな温かみが両手に伝わってくる。

ほぅと息を落ち着けた後、怜が口を開いた。

「少し落ち着ける場所で話そう」

シスターに赤ちゃんを預けた後、紬は怜とともに奥の部屋へと移動する。

テーブルに向かい合って座ってから、紬は質問を投げかけた。

「聖女としては何かしたの？」

「……どうだろう……慣例的かつ意図不明な行事や儀式に付き合わされているだけだね。あまり意味のある行為とは思えないので、実に億劫《おっくう》だ」

怜の経歴からすれば、正反対の世界観なのだから、辛いのは当然だろう。

「聖女的な力とか——あったりするの？」

「ふむ」

おもむろに、怜が右手を横に向けた。

「全てを遮れ『ホーリーバリア』」

その瞬間、怜の右手の先に黄金の壁が出現した。

「おおおおお！　すごおおおおおい！」

ロマン！　ロマンだ！　そんなふうに紬のテンションは爆上がりした。

だが、当の本人である怜の表情は曖昧《あいまい》だった。

「非科学的すぎる。まあ、こちらの原理原則からすれば、科学的な理由があるのだろう。彼らは神の力と言っているが、何も信じていない私になぜ力を貸すのだろうな」

ふう、とため息をつく。

「なぜこの私が聖女なのだろうか。人選ミスも甚だしい。ここで子供の世話をしている君のほうがよっぽど聖女らしいと思うのだがね」

何かフォローしようと思ったが、紬には思いつかなかった。

紬が聖女らしいかどうかはともかく、確かに怜という存在は聖女やファンタジーと対極にある。

怜が『ホーリーバリア』を消した。

「ところで、紬に妙な力はないのかね？」

「私？　ないよ。だって、私は聖女じゃないじゃない？」

「その事実は、君に特殊な力が存在しないことを証明しない」

「学者っぽい言い回しだねー」

うふふふ、と笑ってから、紬は応じた。

「うーん……妙な力って感じでもないんだけど……たまに子供の気持ちがわかるんだよね。共感とかって意味じゃなくて……本当に、心が読める感じ……っていうか」

養育施設で働き出した日に感じた違和感。それが決して思い違いではないと今では確信していた。

その後も紬の直感は冴《さ》え渡り、彼女の育児を大いに助けている。

「興味深いね……」

「勘違いだとは思うんだけど、勘違いにしては――」

「地球でも同じような勘は？」

「ないない！　もうほんと、子供の考えていること、わかんなくて大変だったもん！」

前職でも、これくらい直感が冴え渡っていれば、と思っていたくらいだ。

怜が口元に手を当て、少し考えてから質問してきた。

「ところで、ここの国の人たちは何語を話していると思う？」

「日本語でしょ？」

「いいや、違う国の言葉だ。口の動きが違うからね。どうも、我々の脳内で同時翻訳されているらしい」

「ああ」

それはそれで紬には納得できる理屈だった。確かに、絵本には謎の言葉が書かれている。だが、それを見た瞬間に日本語として理解できる。

怜が口を開いた。

「ちなみに、今の私は何語を喋《しゃべ》っていると思う？」

「……日本語？」

「いいや、英語だ。少し前から英語で喋っている」

「ええええええええ!?」

「日本語で聞こえるのだから、驚くのも無理はないな」

（いや、そうじゃなくて、英語が喋れることに驚いたんですが!?）

凡人中の凡人である紬の尺度は、なかなか怜には届かない。

「その観点から考えると、幼児の言葉が翻訳されている可能性がある」

「そういうこと!?」

「だが、これは違うだろう」

「えええええ……そうなの？」

「それなら、私にだって子供の声が聞こえるはずだからな。だけど、私には何も聞こえない」

「うーん……じゃあ、違うのかあ……」

「だから、それは君の能力なのかもしれない」

「私の能力⁉」

「子供の感情が読み取れる能力——仮説だがね」

それが事実なのかどうかは不明だが、少しばかり紬はわくわくした気分になった。聖女ではない自分は、ただのモブでしかないと思っていたが、神様は少しばかりの恩寵《おんちょう》を用意してくれていたのかもしれない。

「きっと気のせいではないだろう。少し様子を見てほしい」

そう言ってから、怜は話題を変えた。

「さて、本題だが……君の引き取り先が見つかった。ファインツ公爵家だ」

「え、公爵って貴族だよね？」

「そう、その一番上の爵位だ」

「え、えええええええええ⁉」

そんなすごいところが、紬のようなどこの馬の骨とも知れない娘を世話してくれるなんて！

もちろん、それは自然と決まったわけではないと紬は思う。だから、

「怜さん、ありがとう！」

「ん？」

「色々頑張ってくれたんでしょ？」

「まあ、そうだな。君を預ける先だ。簡単には妥協できない」

きっと、紬が水晶玉の判定でハズレ聖女となったときのように、一歩も引かない論陣を張ってくれたのだろう。

「ううう……、私はすごくいい人に出会えてよかったよおおお！」

「大げさな……できることをしただけだ。気にしなくていい」

そして、怜はこう続ける。

「それに、君がここで真面目に働いていたことも影響を及ぼしている。君の同僚であるシスターたちもいい報告をしてくれていたからな。見ている人は見ている。君の誠意が伝わったのだよ」

そんなことがあっただなんて！

紬は胸に熱いものを感じて、幸せな気分になった。

「そのため、実は君に頼みたい仕事があって公爵家が手を挙げた」

「仕事？　どんなの？」

「公爵家の、五歳になる娘の世話をして欲しいとのことだ」

「おお！」

紬は興奮する。どうやら次も仕事があって、それは子供の世話らしい。文句はない。

「一週間後、公爵家の人間が迎えに来るので一緒に王都に向かって欲しい」

「うん、わかった」

怜が帰った後、老シスターにそのことを告げると、彼女は我がことのように喜んでくれた。

「本当かい⁉　すごいじゃないか！」

「ありがとうございます！」

そのとき、紬は何かしら心に引っかかるものを感じたが、それを言語化することができなかった。

その正体に気がついたのは、翌日のことだ。

同僚のシスターが子供たちを集めて、昨日のことを報告してくれた。

「皆さーん、お話がありまーす！　皆さんをお世話してくれたツムギさんが、もうすぐいなくなります！　お別れの日まで、楽しい思い出を作ってください！」

「えええええええええ！」

子供たちが一斉に悲鳴をあげた。その顔には寂しげで悲しげな表情が浮かび、紬を見ている。

わずか二ヶ月だが、紬の保育スキルは完全に子供たちを虜《とりこ》にしていた。

「つむぎいいいい、行っちゃやだあああ！」

「ずっといようよー」

子供たちが紬に抱きついて懇願する。

（うううううううう！）

胸が痛む想いだった。さまざまな理由で保育園を去る子供たちはいる。だから、子供たちが出ていくことには慣れていた。そんなとき、「ばいばい、ちゅむぎせんせい！」と泣きながら寄ってくる子供を抱きしめて、精一杯のお別れをして心を落ち着けた。

だけど、今回は違う。紬から出ていくのだ。社会に出てからずっと同じ園にいたので、自分から

いいではないか。

別れを告げた経験がない。

（あれ、すごく悲しいんだけど）

人のいい紬は、そんなことを考えてしまう。

だから、こうも思うのだ。もう、ここにいてもいいのではないか、と。保育をすることが紬の存在意義であるのなら、それはここで満たされている。シスターや子供たちと楽しく暮らしていけばいいではないか。

（そっか、それもあるのか……）

だけど、怜がわざわざ切り開いてくれた道を、あっさり捨てることも辛い。

泣きじゃくる子供たちを慰めながら、紬の思考は深く沈んでいった。

その日から、なぜか毎日、昼食の前は老シスターと出歩く日課ができた。どうしてだろう、と思い、紬は老シスターに尋ねた。

「何か話があるんですか？」

「うーん……いや、特にはないよ。あんたがここを出ていくからさ、少しばかり話をしたいと思ってね」

「ああ……」

ここにも別れを惜しんでくれる人が。だから、素直に紬は己の気持ちを口にした。

「あの、実はですね、辞退しようか悩んでいるんです」

老シスターは本当にびっくりしたという顔をした。

「辞退？　どうして？」

「ここの生活が性に合っているんです。子供たちもお別れが悲しそうだし……ここにいてもいいかなって思えて。お役に立てると思うんです」

「あんたの気持ちは嬉《うれ》しいよ。だけど――」

そこで老シスターは厳しい顔をして、強い口調で言った。

「そんなことは言っちゃいけない！」

「……え⁉」

こんなに強く反対されると思わなかった紬は驚きすらした。そんな紬に構わず、老シスターは続ける。

「これはすごくいい話なんだよ！　あんたの可能性をここで閉じ込めちゃいけない！」

「で、でも、私は偽物で、ここのほうが――」

「なにを言ってるんだい！　あんたは偽物なんかじゃないよ！」

老シスターは本当に、心の底から怒るような様子でまくし立てた。それは、道を外れようとする子供を必死に教え諭す大人がする顔だった。

「あんたのおかげで、私たちや子供たちの笑顔がどれだけ増えたと思っているんだい⁉　あんたの優しさや気遣いがあったからこそなんだよ！　あんたは本当にすごい人間なんだ！」

老シスターの言葉は止まらない。

「私だけじゃない！　他のシスターも、子供たちもそう思っている！　あんたはあんたが思うよりもずっと素晴らしいことを成し遂げたんだ！　こんなにも多くの人間を幸せにしたんだから！　もっと自分を信じなさい！　あんたの未来には、あんたが出会うべき人たちがまだまだいっぱいいるんだよ！」

その言葉は紬の胸に刺さった。老シスターの気持ちが痛いほど伝わってきた。彼女は本当に、心の底から紬の幸せを願い、正しいと思う道を伝えてくれている。

偽物の紬をこんなにも――

（いや、もう、その言葉を使うのはやめよう）

聖女ではないけれど、偽物でもない、ただの紬。それだけを誇りとしよう。

強くなった心とともに人生の道はひらけた。だけど、最後の心残りがある。

「でも……子供たちが可哀想《かわいそう》で――」

「子供は辛いことを乗り越えて強くなっていくんだ。泣いた顔もいつかはケロッとなる。子供の扱いがうまいあんたなら、知っているだろ？」

「そうですね。本当に、そうです……」

紬の気持ちは決まった。

「……もし、辛くなったら遊びに来てもいいですか？」

「いつだって来なよ。いられなくなったら戻っておいで。大喜びで採用するからさ」

二人は顔を見合わせて笑いあった。

ほどなくして約束した日となり、養育施設の前に馬車がやってきた。

紬の旅立ちを見送るために、老シスターたちと子供たちが玄関口に立っている。

シスター服を着たままの紬は旅行カバンを持ったまま、皆に挨拶《あいさつ》をした。

「今までありがとう。楽しかったです。私はいなくなっちゃうけど、仲良くするんですよ」

「つむぎいいいいい！　いかないでえええ」

「わあああん！」

子供たちが別れの涙を流す。

紬も喉《のど》に痛みを覚えた。感情が昂《たかぶ》るが、それを押しこらえる。自分が泣いてしまったら、きっと収拾がつかなくなるから。最後は笑顔でお別れする。そう決めていた。

「また会いに来るから、それまで元気でいてね」

そこで、若いシスターの一人が手を叩《たた》いた。

「はい、皆さん！　ツムギさんのお別れのために、練習してきたんですよね？　ほら、見せてあげましょう！」

え、なんのこと——そんなことを思っている紬をよそに、子供たちがわたわたと動き出す。やがて、小さい子たちを前、大きい子たちを後ろに隊列が出来上がる……もちろん、列の並びは少し、いや、かなり不揃《ふぞろ》いだったが。

さっきの若いシスターが紬に視線を向ける。

「ツムギさん！　元気でいて欲しいという気持ちを込めて、みんなで練習しました。聴いてあげてください！」

若いシスターが手拍子をする。そして、大きな声で口にした。

「どんぐり　ころころ　どんぶりこ♪」

彼女の声に合わせて、子供たちが歌い始める。

「どんぐり　ころころ　どんぶりこ♪」

それは紬が教えた歌だった。

それは別れにはふさわしくない歌だったけれど、彼らはそれを歌った。それしかなかったから。

紬と彼らを繋《つな》ぐ唯一の共通項だから。きっと紬は喜んでくれると信じて。旅立つ紬への感謝を込めて。今までのお礼を精一杯込めて。

子供たちは紬のことを思って、つたない言葉と音程で必死に歌う。

何かを、紬に残したいと祈って。

紬は理解した。どうして老シスターが昼前になると紬を外に連れ出していたのか、その理由を。

その間に、子供たちは紬のために頑張って練習してくれていたのだ。

それは別れにふさわしくない歌だったけれど、込められた感情にこそ意味があった。それを確かに受け取った紬は、自分の胸に膨らむ気持ちを抑えることができなかった。

「どんぐり　ころころ　どんぶりこ♪　おいけにはまって　さあたいへん♪　どじょうがでてきてこんにちは♪　ぼっちゃん　いっしょに　あそびましょう♪」

歌が終わった。

「う、う、う……！」

紬はもう我慢ができなかった。泣くまいと決めていたけれど、子供たちの純粋な想いを感じすぎていて、もう堪《こら》えられなくなっていた。

目からぼろぼろと落ちる涙を指で拭《ぬぐ》いながら、口を開く。

「本当にありがとう、本当に……。今日のこと、絶対に忘れないから。みんなのこと、絶対に忘れないから！」

「つむぎいいいいいいい！」

大泣きする紬は、大泣きする子供たちとずいぶん長く別れを惜しみ、王都へと旅立った。

第二章　名門ファインツ公爵家のお嬢様

——この馬車に揺られて世界の果てまで行くんだろう。

旅立ちのとき、紬《つむぎ》はそんなことを思ったが、そんなに遠くはなかった。王都は教会から見えている街だったからだ。

城の近くに並ぶ貴族の居住区で、ひときわ大きな邸宅の前で馬車が止まった。

「こちらがファインツ公爵家でございます」

紬を案内してくれた老執事がそんなことを言う。

広い庭付きで、旅館ですか？　というくらい大きな家だ。

（さすがは大貴族様……ていうか、私、ここに住むの？）

小市民の紬は、それだけでビビっている。

老執事に連れられて、邸宅の主人がいる執務室へと通された。

広々とした部屋の一角に大きな机が配置されている。机の向こう側には、目にも鮮やかな金髪に爽《さわ》やかな表情がよく似合う、二〇代前半くらいの甘い顔立ちのイケメンが座っていた。着ている服も貴族にふさわしい豪奢《ごうしゃ》なもので、完全にファンタジーな存在だった。

（ほ、ほ、ほ、ほおおおおお！）

ひょっとするとハリウッドあたりにはいるのかもしれないが、こんなイケメンをリアルで見たことがない紬は固まってしまった。

（CG⁉）

そんなことはなく、目の前のイケメンが口を開いた。

「初めまして、聖女候補のツムギ。私の名前はクレイル。今日からこのファインツ公爵家が君の後見人となることを約束する。生活に関わる全てを保障しよう。安心して欲しい」

「は、はい……あり、ありがとう、ございます！」

落ち着け落ち着けと己に言い聞かせながら、紬が応じる。

「本来であれば、聖女候補であるあなたには当主である父が出迎えにあたるべきだが、父は領地に帰っていてそれができない。無礼を許して欲しい」

「いえいえ！　そんなこと気にしないでください！　拾ってもらえただけでも感謝しているくらいですから！」

慌てている紬の様子がおかしかったのか、クレイルが目を細める。

「そう言っていただけると助かる。自宅だと思ってのんびりと過ごして欲しい――と言いたいところだが、実はあなたにしてもらいたい仕事がある。聖女様から何か聞いているかな？」

「はい、こちらの、お嬢様の世話をするよう伺っておりますが」

「その通り。レイチェルという末の妹がいるんだが……なかなかやんちゃな子でね。メイドたちを困らせているんだよ」

ふぅ、とクレイルが重いため息をこぼす。

「君はとても子供の扱いが上手だと聞いている。客人なので無理にとは言わないが、一度レイチェ

ルの世話をしてもらえないだろうか？」

クレイルの言い方からして、断ったとしても紬を追い出したりはしないだろう。

だが、紬に断るつもりはもちろんない。

「喜んでお受けします！　子供のお世話は大好きなので頑張ります！」

「やる気が溢《あふ》れていて嬉しいね」

クレイルが薄く笑みを浮かべる。

「ただ、末の妹もなかなか扱いにくいからね……君のその信念が揺らがないことを祈るよ。何か困ったことがあればすぐに言ってくれ。あくまでも客人なのだから」

その後、紬は与えられた個室へと移動した。

「こちらの部屋で大丈夫でしょうか。不都合がありましたら、他を用意いたしますが」

案内してくれた老執事がそんなことを言ったが、

「いえいえいえ！　いいですいいです！　もう充分です！」

前の世界で暮らしていたワンルームの二倍はある広さで、調度品も一通り揃っている。おまけに家賃ゼロなので文句をつける部分などなかった。

シスター服からメイド服に着替えて、紬はレイチェルの部屋へと向かう。

「レイチェル様、入ります」

先導していた老執事がノックして部屋に入っていく。

部屋にはメイドと五歳くらいの女の子がいた。

腰まで伸ばした豊かな金髪と大きな碧眼《へきがん》が印象的なかわいい少女だ。ただ、そのかわいさは不機

嫌そうな表情のせいで大きく損なわれているけれども。

（ベースはクレイルさんと似て整っているのに、もったいないな）

そんなことを紬は思った。

「誰なの？」

レイチェルが質問する。

ぶしつけな言葉遣いだが、他人を見下しているというよりは、まだ幼いから細やかな表現ができないのだ。そんなことは紬にとっては当然の知識なので、特に不愉快に思ったりはしない。

「レイチェル様の専属として配属された新しいメイドの紬と申します。よろしくお願いいたします」

「ツムギ？　変な名前。覚えにくい」

子供らしい直接的な表現だが、もちろん紬は気にしない。この行動も、紬の『子供ならそういうものだろう』の範疇《はんちゅう》に入っている。

「ゆっくり覚えてくれればいいですよ」

挨拶《あいさつ》がすみ、レイチェルへの奉仕が始まった。

最初の二日間は前任のメイドが一緒に仕事をしてくれたが、とうとう今日からは一人で動くことになる。

（……正直、楽だな……）

一人で何人もの子供たちの相手をしていた保育園や養育施設での生活を思うととても楽だ。貴族の娘なので怪我《けが》をさせてはいけないから気を使うと前任のメイドは言っていたが、

（……前世でも細心の注意は一緒だもんね）

現代日本でも『子供は宝、子供は大事』の思想は変わらない。それを守る保育をしてきた自負もある。

気になることもあったが。

前任のメイドは最後の日にこう紬に告げた。

「今はまだおとなしいけど、レイチェル様はイタズラが好きで、大人を困らせてくるから」と。

そして、その日はいきなり訪れた。

「ぬいぐるみで遊びたいの」

「わかりました、遊びましょうか」

さすがに貴族の令嬢だけあって、部屋の中に大量のぬいぐるみがあった。そこで、紬は象のぬいぐるみを手にしたが——

「いや！　亀のぬいぐるみがいいの！」

「亀、ですか」

確かにそのぬいぐるみがあったことを紬は覚えている。片付けた記憶もある。だが、部屋を見回しても、亀のぬいぐるみはなかった。

「ないですね」

「亀じゃないと遊ばない。探して！」

レイチェルは紬が差し出していた象のぬいぐるみを手に取ると、遠くにポイッと投げた。

紬はじっとレイチェルの目を見た。

「ダメですよ。物を投げるのは。やっちゃいけません」

貴族の令嬢だろうとなんだろうと、紬はひるまずに言った。子供の教育に関わることで忖度《そんたく》するつもりはない。他のメイドのときにはなかった紬の注意に、レイチェルはびくりと体を震わせるが、プイッと横を向く。

「亀のぬいぐるみ！」

もちろん、この反応もまた紬の想定内。子供とはこういうものだ。

紬はぬいぐるみを探すが、どこにも見当たらない。部屋のものに触るのはレイチェルかメイドだけ。レイチェルであればそこら辺に放り投げるので目に入る場所にあり、メイドなら正しい場所に戻す。

目に入る『あるはずの場所』にないとすれば、残るのは『意図的に隠した場所』だけ――

目を合わせようとしないレイチェルに紬は視線を向ける。

「どこにあるんでしょうか？」

「知らなーい」

そのとき、紬の頭に何かが浮かび上がってきた。

（……クローゼットに隠したぬいぐるみも見つけられないのかしら。がっかりね……）

クローゼットのほうに目を向けると、視界の端でレイチェルの目がつられて同じ方向に動く。

（ふぅん）

困らせて喜ぶ――前任メイドの言葉を思い出しながら、紬はクローゼットのドアを開けた。

そこには亀のぬいぐるみがあった。

「ありましたよ、レイチェル様」

「早くちょうだい」

あいかわらず視線を逸《そ》らしているレイチェルにぬいぐるみを渡す。それからしばらくレイチェルの相手をした後、紬は自室に戻った。

廊下を歩きながら、こう思った。

レイチェルは大人を困らせて喜んでいるのではない、と。

そもそも、小さな子供が大人を困らせて喜ぶはずがない。理由がないからだ。他人の足を引っ張ることに意味を見出《みいだ》すのは、社会に染まった人間にしかできない。

である以上、大人が困っているのは結果でしかなく、子供の動機は別のところにある。たとえば、自分への気を引くために大人を困らせる行為は、あくまでも『気を引く』という動機が前にある。

レイチェルは『がっかりね』という表現を使った。

その言葉に、困らせようという意志を紬は感じなかった。

(何かを試している？)

レイチェルの行動を注意深く見守ろう、そう紬は考えた。


「やだー、ご飯食べたくなーい」

夕食どき、レイチェルの非情な声が響く。

レイチェルが座っているテーブルには、鶏肉《とりにく》や季節の野菜を惜しげもなく使ったおいしそうな料理が並んでいる。公爵家お抱えの料理人が作っているだけあって、養育施設で見た『質より量！』な食事とは明らかにクオリティが違う。

(もったいないなあ……こんなにおいしそうなのに)

だが、レイチェルは少し食べただけでスプーンを置いてしまった。

「レイチェル様、食べないと駄目ですよ」

紬は食事の場に同席していた。

これは紬が食事をするためではなく、レイチェルの食事をサポートするためだ。

紬はスプーンを手に取って食材をよそうと、レイチェルに差し出す。

だが、レイチェルは全く取り合わなかった。

「やだよ。もう食べない！　お腹《なか》すいてないもん！」

全く取りつく島がない。

結局、レイチェルは食事をせずに部屋へと戻っていった。

（うぅむ……）

ご飯を食べるのは成長の基本。是非食べてもらいたいのだが――

養育施設での子供たちは、質素なご飯を奪うように食べていたのに。少しでも多く食べたいと思っていたのに。

（もったいない、贅沢《ぜいたく》だ！　そう怒るのはダメだよね）

おそらく、その言葉はレイチェルには届かないだろう。養育施設の窮状はレイチェルのせいではないし、自分の日常とかけ離れた生活を想像することも五歳の子には難しいだろう。

それから数日、レイチェルは食べたり食べなかったりと不安定だった。ただ、抜いたあとの次の食事はしっかりと食べるのだが。

（単純に、お腹が空《す》いているかどうかなんだろうな）

だから、食べるときは食べる。

逆に言えば、腹を空かしてやれば食べる。

なので紬は作戦を立てた。

「レイチェル様、外で遊びましょう！」

仕事を始めてからしばらく、紬はレイチェルに行動を任せていた。それによると、どうもレイチェルは家にいることが多いようだ。メイドたちに確認すると、意図的にそうしていたらしい。

貴族のお嬢様なので、外に連れ出して怪我をさせるわけにはいかない――

そういう方針だったのだ。

（事なかれ主義ってやつだ）

だけど、それが悪いとは思わない。紬が働いていた保育園にだって、子供の安全を第一に考えた厳格なルールが存在する。しかし、子供の発達に影響を与えるようなものはダメだと思うのだ。

（子供は適度に外に出すべき！）

子供は小さな体に、想像以上の体力を備えている。安らかな昼寝のため、たっぷりと食事を摂《と》らせるため、その体力を削ってやらなければならない。

どこの保育園も午前中に『お散歩』時間があるが、あれは子供の習性から編み出された最適解なのだ。

「お外行かない。おうち好きだもん」

レイチェルは冷たく応じると、絵本に目を落とした。

だが、紬にはレイチェルの本音が聞こえるのだ。

——久しぶりに、お外もいいかも。

そんな揺れる気持ちがわかった。ゆえに、この勝負は紬の勝ちも同然なのである。

そんなわけで、紬が何度も「青空が綺麗《きれい》ですよ！」「日差しが気持ちいいですね！」と進言すると、

「いいよ。でも、少しだけだよ」

絵本を閉じ、レイチェルがやれやれといった様子で立ち上がった。

（この能力、前職でも欲しかったなあ……）

紬は内心でガッツポーズしながらそう思った。

紬はレイチェルを連れて、公爵家の庭に出る。下手な公園より広い場所で、外部からの危険まで排除してくれる。ここを有効活用しない手はない。

（移動する距離が短いのは残念だけどね……）

本当は到着までに歩かせて、もっと入念に体力を削ってやりたいのだが。まだまだ削り足りない。

レイチェルが庭につくなり口を開く。

「何するの？」

「少し遊びましょうか」

「え？」

レイチェルの目に興味の輝きが灯《とも》ったのを紬は見逃さなかった。それくらいの機微は能力がなくたって読める。

そもそも『遊び』は子供にとってのマジックワードなのだから。

紬は持っていたハンカチを取り出した。

「尻尾《しっぽ》とりゲームをしましょう」

「尻尾とりゲーム？」

「こうやって――」

紬はハンカチを、スカート背部のウエストに差し込んだ。腰をふりふりとしながら、レイチェルに見せる。

「ほら、尻尾のように見えるでしょう？　この尻尾をですね、私からとってみてください」

「ふん、簡単！」

レイチェルはすたすたと近づくと、ハンカチに手を伸ばし――

その瞬間、紬は体の向きを変えた。

レイチェルがハンカチをつかみ損ねる。

「あ！　どうして動くの⁉」

「動かないとは言ってませんよ？」

必死に後ろに回り込もうとするレイチェルを、紬はその場からほとんど動かないまま、体をくるくると動かしてかわす。

「もう、この！」

「そう簡単にはとれませんよ～」

必死になってきているレイチェルを紬は煽《あお》る。そうやって何度か応酬し、ついにレイチェルの小さな手がハンカチをつかみ取った。

「やったやった！」

「やられちゃいましたね〜」

「簡単！　簡単すぎるよ！」

あんなに必死だったのに、成功すれば有頂天。子供らしい反応に紬は思わず目尻《めじり》を下げてしまう。

「じゃあ、もう一度やりましょうね？」

そう言って、紬はハンカチを再び装着する。

再びレイチェルがつかみかかってくるが、今度は体の向きを動かすだけではなく、二、三歩ふらりと動いてかわす。

「でも、少し難しいですよ？」

「もー、動かないでよー！」

などと言いつつ、レイチェルの顔は笑っている。

（うんうん、楽しそうでよかったねー！）

それからも、微妙にルールを変えたり、尻尾役を交代したりして、紬はレイチェルと遊んでいた。

すると——

「楽しそうだね」

「クレ兄《にい》！」

背後から聞こえてきた声にレイチェルが反応する。紬が振り返ると、ここで最初に挨拶《あいさつ》した金髪イケメンで当主代行のクレイルが立っていた。

あいかわらず、そこにいるだけで後光が差しているかのような存在感だ。

「執務室で仕事をしていたら、珍しく外からレイチェルの声が聞こえてきたのでね。何をしているのか気になったんだよ」

「尻尾とりゲームしてるの」

「尻尾とり？」

「あれ」

レイチェルが紬を指差す。だが、紬も正面を向いているのでクレイルには何が何だかわからないだろう。

（ハンカチは腰に差しているんだけど――）

大人の男性に見せるとなると妙に恥ずかしかったが、無視するわけにもいかないので、紬は後ろを向いてハンカチを見せた。

「あのハンカチが尻尾だから、とるの」

「へえ、面白いな」

「クレ兄もやる？」

（えええ、クレイル様とはまずいような……）

それなりに距離が近くなる遊びなのだ。ほぼ初対面の大人の男女がやる遊びではないだろう。

どう対応しようか紬が悶々《もんもん》としていると、クレイルが答える代わりにハンカチを取り出した。

「どうせなら、レイチェルとやろう。私が尻尾役だ」

そして、紬と同じようにハンカチを腰に差し込む。

詰め寄るレイチェルをクレイルは素早い身のこなしでかわしていく。

「ははは、レイチェル。私は強いぞ！」

「もー！」

紬とは違って、クレイルは簡単に負けないモードで動いているが、レイチェルは楽しそうだった。

（だって、お兄さんと遊べるんだもの）

なんだかんだで、血の関係は強い。特に、世界が狭い子供のうちは。

そんなこんなで三人で遊び、ついに紬はレイチェルの体力を削り切った。

「疲れたー。だっこー」

紬が動けなくなったレイチェルを抱っこすると、すぐに、スースーと静かな寝息を立てた。

「私が預かろうか？」

手を差し出すクレイルに紬は首を振った。

「お気持ちはありがたいのですが、家の主人に仕事を押し付けるわけには参りませんので」

そして、クレイルと並んで紬は屋敷へと戻っていく。

「レイチェル様の相手をしていただいてありがとうございます。お喜びになられていたようです」

「それならよかった。あまり構ってやれないからね」

クレイルは、レイチェルに向けていた視線を紬に向けた。

「礼を言うのはこちらだよ、ありがとう」

「え？」

「レイチェルが楽しそうだったからね。うまく扱ってくれているようで嬉《うれ》しいよ」

「もったいないお言葉です。もう少し外で遊んだほうがいいのかな、と思っただけですから……」

「それがありがたいんだよ。貴族の子供だからと過保護な扱いをする必要はないんだけど、雇われる側からすると難しいようでね。こけて足を擦りむいても、そんなことで私は怒ったりはしないんだけど……」

クレイルが続ける。

「子供の頃、私は登っていた木から落ちたことがあるんだ。私を制止できなかった専属メイドは辞職も覚悟したらしいけど、父は私の頭に拳骨《げんこつ》を落としただけで不問にした。未熟なお前が悪いって言ってね」

ふふふ、とうっかり紬は笑ってしまった。なんだか外見だけを見ると、完璧《かんぺき》人間のようなクレイルにも、そんな子供時代があるのが意外だったから。

「そんなわけで、あまり形式ばらずにレイチェルと接してやってくれ。そのほうがレイチェルのためにもなるだろう」

そう言って、クレイルは執務室へと戻っていった。

――その日、たっぷり昼寝したレイチェルはご飯をもりもりと食べた。

尻尾とりゲームによるふれあいの後、レイチェルの態度がころっと好転することはなかった。

あいかわらずレイチェルは紬を試してくる。

とはいえ、紬にはレイチェルの考えていることがわかってしまうので、簡単に回避できるのだけど。すると、

「なかなかやるじゃない」

ちょっと悔しそうな様子でレイチェルがつぶやく。

少しずつレイチェルとの距離が縮まっている雰囲気はあるのだが、なかなか『決定的な転換点』にたどり着けない。

（レイチェル様は何を望んでいるのだろう？）

残念ながら、その問いの答えをレイチェルの内心から推し測れない。紬の能力といえども万能ではないようだ。

じりじりと信頼を積み重ねていく日々を過ごしていると――

ついに『決定的な転換点』にたどり着けた日が訪れた。

その日、部屋遊びに飽きたレイチェルが昼寝してしまったので、紬は散らかった部屋の片付けを始めた。

手早く片付けていると、床に落ちている一冊の絵本が目に入った。

（あ、これは――）

レイチェルがとても大切にしている絵本だった。普通、おもちゃや絵本はそこら辺に放りっぱなしなのだが、この絵本だけはいつも丁寧に自分で本棚に片付けている。

レイチェルが言うところの『フクロウとネズミの絵本』だ。今日は睡魔に負けてしまって片付けそびれたのだろう。

紬は絵本を手に取った。

パラパラと絵本をめくると、最後のページにメッセージが書かれていた。

『かわいい娘レイチェルへ。ママからのプレゼントです。大事にしてね』

（そっか、お母さんからのプレゼントなんだ）

この絵本だけ扱いが丁寧な理由を紬は知った。

だが、それはそれで気になることもある。子供に絵本を与えるのは基本的に親だろう。だからわざわざこんなメッセージを残すことはないと思うのだが。

(貴族だと子供の世話はメイド任せだから違うのかな?)

そんなことを思う。

ただ――

(レイチェルのお母さんはどうしたんだろう?)

父親が領地に戻っているという話は聞いたが、母親に関して何かを聞いたことはなかった。

(男性中心の封建社会なので、母親については聞かない限りは話題になりにくいのかな?)

いつか誰かに聞いてみようかなと思いつつ、紬は手早く部屋を片付けた。

部屋が綺麗になった頃、レイチェルが目を覚ましてベッドから抜け出てきた。レイチェルは部屋をぐるりと見渡した後、困惑したかのように首をひねり、本棚へと向かっていく。

本棚の前で不安げな視線を周囲に飛ばした後、口を開いた。

「ねえ、フクロウとネズミの絵本は……?」

いつもと様子が違う感じに危機感を覚えたが、紬は冷静に対応することにした。

「そこですよ」

レイチェルの立ち位置から離れた一角を指差す。

するとレイチェルが興奮した声を発した。

「そこじゃない! 私が片付けてない! 勝手にやったの⁉」

どうやら地雷を踏んでしまったらしい——急に黒い雲に覆われていく空模様を眺めているかのような心境で、紬は答えた。

「はい、私が片付けました。ダメでしたか？」

「ダメ！」

一切の妥協も許さないような口調でレイチェルが断言した。

「あれは私のなの！　触っちゃダメ！」

「申し訳ございません。気が利きませんでした。次から気をつけます」

「触っちゃダメ！」

（だよね……）

己の謝罪の無意味さを紬は実感していた。小さな子供たちにとって『次』の話など意味がないのだ。なぜならいつも『今』しか視点がないから。

なんとかレイチェルの気が収まることを紬は祈ったが、うまくいかなかった。

「出ていって！　もういや！　知らない！　嫌い！」

レイチェルは顔をぷいっと横にむけてしまう。

こうなってしまった子供に説得など意味がない。時間が解決してくれるのを待つばかりだ。

「……承知しました、またご用がありましたらお呼びください」

部屋を出た紬は執事長に状況を説明した後、別のメイドを用意してもらい、自室に戻っていった。

翌日、紬は召喚直後にお世話になっていた養育施設に来ていた。

少しばかり、落ち込んでしまったので気分転換がてら訪れたのだ。執事長もちょうどいいから少し休むといいと笑顔で送り出してくれた。王都の近くなので距離的に問題はなく、治安も悪くはない。乗合馬車も出ているので女性一人でも問題ない旅路だった。

「あ、ツムギ！」

見知った子供たちが近寄ってくる。

(はあ~生き返るぅ)

仲のいい子供たちと接することは、紬にとって労働ではなく充電なのだ。

大好きな保育士の帰還を喜んでくれる子供たちと楽しい時間を過ごした後、紬は昨日の『やっちまったこと』を老シスターにぼやいた。

「……え、お貴族様のお嬢様を怒らせてしまったって？　大丈夫なのかい？」

老シスターが心配そうな声を出す。

「ギロチンにかけられそうだったら言いなよ。かくまってあげるから！」

「さすがに大丈夫だと思いますけどねえ……」

公爵家の当主代行であるクレイルの性格からして、いきなりそこまで話が進むこともないだろう。

(でも、そうなったらそうなったで、聖女の怜《れい》さんがなんとかしてくれる気もする……)

できれば、手を煩わせたくはないものだが。

翌日、
少しばかり気分も明るくなり、リフレッシュできた紬は公爵家の屋敷に戻った。

(さて、今日はどうしたらいいんだろう？)

と部屋で考えていると、執事長がやってきて、クレイル様がお呼びだと告げられた。

執務室に入ると、にこやかな様子でクレイルが紬を迎えた。

「急に呼び立ててすまないね。最近レイチェルはどうかな？　と聞いてみたくて呼んだんだ」

「執事長から報告がありましたか？」

「うん？　執事長？　いや、何も聞いていないが。今日のこれは私から声をかけただけだ」

レイチェルの怒りから日が経《た》っているので、その報告を受けて呼び出されたものだと思っていたのだが。どうやら違うようだ。

もちろん、紬には隠すつもりはなかったので、ありのままを伝えることにした。

基本的に、レイチェルとはいい関係が築けているということを伝えた後、

「ただ、少し問題が起こりまして――」

隠すことなく、ことの顛末《てんまつ》をクレイルに伝えた。

「その絵本はレイチェル様にとって大切なものだったようで、私に触られたことが気に入らなかったようです。出入り禁止を申し渡されたので、執事長に相談して今は他のメイドにお世話を代わってもらっています」

「……どんな絵本なんだい？」

「表紙にフクロウとネズミが描かれた絵本です。最後のページにお母様のメッセージが入っておりました」

「……ああ、あれか」

昔を懐かしむ様子で、クレイルがつぶやく。

「ご存知《ぞんじ》なんですか？」

「家族全員が揃《そろ》った最後のパーティーでレイチェルが母からもらったものだ」

「……最後？」

「少し前に、母が亡くなったからね」

「⁉」

「レイチェルを産んですぐ、母は大病を患ってしまってね。己の死期を悟った母がレイチェルに贈った本なんだよ」

「…………」

だから、わざわざ本にメッセージを残した――

あまりにも悲しい理由に、紬は胸に痛みを覚えた。

「大切なものだから、他の誰にも触られたくなかったんだろうね……」

「……悪いことをしてしまいましたね」

「知らなかったのだから、仕方がない」

そのときだった。

執務室の向こう側が急に騒がしくなった。子供の泣き声が聞こえてくる。

その声には聞き覚えがあった。

（レイチェル様？）

ドアをノックする音が響き、執事長の声が続く。

『失礼いたします、レイチェル様がツムギとの面会を希望されておりますが』

（え、私？）

紬と目を合わせた後、クレイルは言った。

「構わない。入れ」

すぐにドアが開き、執事長と、彼に抱きかかえられたレイチェルがいた。レイチェルの顔は涙で濡《ぬ》れていて、大声でわんわんと泣いている。

紬の姿を視界にとらえた瞬間、レイチェルが口を開いた。

「なんでいないの！　どこに行ってたの！」

どこかに行けと言ったのは本人なので、実に理不尽な言葉だった。

だが、これは貴族だから高飛車なことを言っているのではなく、単純に、子供だからだ。

そして、紬は気がついている。

紬の能力は、彼女の言葉の裏にある『寂しさ』をとらえていた。

「クレイル様とお話ししておりました。何か御用でしょうか？」

「用なんてない！　私のメイドでしょ！」

ふん、とレイチェルが鼻を鳴らす。

執事長が口を開く。

「……昨日から、レイチェル様は、不満そうだった。誰、とは言わないが、誰かを待っているようなそぶりだった」

「……そうなんですか？」

「今朝メイドが向かったら、このような状態になった。ツムギを出しなさい、ツムギはどこ！　と」

「言わないでいいの！」

レイチェルが執事長をたしなめるが、執事長はすまし顔のままだった。

伝える必要がある、と思ったので、言ったのだろう。

（……私の名前を覚えていてくれたんだ……）

今まで、レイチェルは紬を名前で呼んだことはなかったのに。

紬は執事長からレイチェルを受け取った。レイチェルは頬をぷーっと膨らませて、紬を見ない。

「寂しい思いをさせて申し訳ありません」

「寂しくなんかないの！」

とはいえ、心から聞こえる感情は『むっちゃ寂しかった！』なので、紬は笑いそうになるのをこらえた。タイミングが悪すぎる。

育児の鉄人とはいえ、ロボットではないので紬が休んでいることは普通にあるのだが、今まで爆発することはなかった。きっと「出ていって！」と自分が言ってしまったことに気づき、過剰な反応をしてしまったのだろう。

子供とはそういうものだ。

後先考えずに行動して、後悔しても謝ることができない。

こちらが歩み寄ることが大事なのだ。

だから、寂しい、というレイチェルの感情に対して紬は返事をした。

「大丈夫ですよ、どこにも行きませんから」

「……ほんとに？」

「はい」

そういうことなのか、と紬は内心で納得した。

どうしてレイチェルがメイドたちを困らせるようなことをしていたのか。それはきっと、甘えられる――甘えても大丈夫そうな、自分を裏切らない人を探していたのだろう。

なぜなら、レイチェルにはもう母親がいないから。

比較対象は亡くなった母親。試験が厳しいのは当然だ。母親と同じくらい、自分と向き合ってくれる人を探していたのだ。

そして、紬はいつの間にか合格していたのだろう。そうやって頼りにし始めていた紬に、うっかり「出ていけ！」と言ってしまって、本当に姿を見せなくなったので慌ててしまったに違いない。

（あってるかどうかわからないけど、それでいいか）

うん、と紬は納得した。自分の中で筋が通っていればいいのだ。誰かに言うわけでもなく、レイチェルに確認するわけでもないのだから。

「では、部屋に戻りましょう。今日はうんと遊びましょうね」

「うん！」

紬は振り返った。

「報告はご覧いただいた通りです――補足は必要でしょうか？」

「お疲れ様」

クレイルが肩を揺すって笑う。

「心配はいらないようで、何よりだ」

紬は執務室を出た。レイチェルを抱きかかえながら廊下を歩いていく。

（……母親には勝てないだろうけど……できる限りのことはしなくちゃね）


「ねえねえ、遊ぼ、ツムギ！」

「はい、わかりました。レイチェル様」

あれから一週間が過ぎた。レイチェルの態度は露骨なほどに軟化して、紬に対してまとわりつくようになった。

「大好き！」

レイチェルが紬の腰に抱きつく。

（はわわわ！　ああ、かわいい！）

子供は天使である。そして、自分になついてくれている子供は大天使である。警戒感の強かった表情が消えて、今では満面の笑みを向けてくれる。

（かわいいいいいいいいいい！）

今まで何人もの子供たちと心を通わせてきたけれど、やはり通じ合った瞬間は格別だ。いつだって気持ちがいい。

「私も大好きですよ、レイチェル様」

「えへへー」

（はああああああああああああ！）

幸せだった。

そんなふうに幸せに浸っていると、ドアがノックされた。

『入ります』

メイドがやってきた。

「ツムギ、クレイル様がお呼びよ。ここは私が引き受けるから」

「わかりました」

「ううう、ツムギいっちゃうの？」

寂しそうな顔を向けるレイチェルに、

「すぐ戻りますから」

にこやかに告げて、紬はクレイルの執務室へと向かった。

部屋に入ると、

「やあ、待っていたよ」

あいかわらず爽《さわ》やかオーラ全開のクレイルが出迎えてくれる。

「君に会いたいという人がいてね」

クレイルが手を差し向けた先の応接セットには、知った顔が座っていた。

「怜さん！」

「久しぶりだね、紬。少し暇ができたので寄らせてもらったよ」

再会を懐かしむ二人にクレイルが声をかける。

「ゆっくり話をなされるんでしょう？　隣の部屋をご使用ください」

「礼を言う」

隣の部屋はクレイルが上客を迎えるために使う部屋なので、執務室と同じくらいに上質な造りだった。窓のカーテンの細やかな刺繍《ししゅう》や、部屋の中央にあるテーブルの足や縁に彫り込まれた趣のある彫刻、壁にかけられた巧みな絵画など、部屋に置かれているもの全てが恐れ多い空気をまとっている。

(こんなところで、おしゃべりしていいの？)

豪華な部屋は公爵家の生活で見慣れているが、自分が使うとなると尻込《しりご》みしてしまう。

続いて、ゴロゴロとワゴンを転がしながら、二人のメイドが部屋に入ってきた。目配せで確認を求める彼女たちにクレイルがうなずく。

「進めてくれ」

クレイルの指示を受けたメイドたちが動き出す。

部屋の中央にある大きなテーブルに真っ白いテーブルクロスがかけられた。現れた純白の領域にまず並べられたのは、赤いジャム、オレンジ色のマーマレード、乳白色のクロテッドクリームが宝石のように輝く三枚の小皿だ。次に置かれた大きな皿には二個のスコーンと、ブルーベリーをあしらったスフレグラッセが並んでいる。

それが一人分のようで、対面する形で二セット配置されていた。

続いて、取り皿にフォーク、スプーン、ナイフ、紅茶の入ったティーポットにティーカップが次々と配されていく。

(お、おお……本気だ……)

一杯の紅茶だけでも泣いて喜ぶレベルなのに、気合の入りようが凄《すさ》まじい。

しかし、紬はまだ知らない。公爵家の本気というものを。

メイドが高さのある器具を二個、テーブルに置いた。皿を三枚、縦に並べて柱で固定したもの――ティースタンドだ。

おお？　と紬が視線を投げかけている間に、メイドたちがセイボリーやスイーツを並べていく。

下段にはフルーツやローストビーフを挟んだ様々なサンドイッチが、中段と上段にはスイーツ――だが、サイズでわけているようで、一口サイズでカラフルなプティフールが中段、見栄えのするケーキのような大型が上段に置かれている。

(ほおおおおおおおおおおおおおお！)

全く想像していなかった展開に、紬の精神はオートマチックに高揚した。

これはもう、スイーツのエッフェル塔や！　そんなことをやくたいもなく思ってしまう。

だけど、冷静にこうも思う。

(二人だけで、こんなに食べられないよ？)

ティースタンドはひとつだけではなく、ふたつある。つまり、盛り盛り二セットである。

別腹とかそういう次元を超えている。カロリー怖い。

最後に紅茶を丁寧な手つきで注いでから、頭を下げてメイドたちが下がった。

「さあ、どうぞ。こちらへ」

ニコニコ顔のクレイルが、スイーツ山盛りのテーブルへの着席を促す。

「あ、あの……クレイル様――これは？」

「もちろん、好きに食べてもらって構わない。君たちのために用意したものだからね。レイチェルにいつも良くしてくれているツムギと、その友人である聖女レイ様の歓待だ。精一杯のことをさせてもらった。遠慮なく楽しんでくれ」

やったったぞ、そんな感じの満足げな笑顔だった。

「あ、そうだ。アップルタルトもつけるとしよう！　彼女たちに――」

「待ってくださああああい！　これで充分ですうううううう！」

お腹がパンクしちゃいます！

そこで怜が口を開いた。

「礼を言うよ、クレイル殿。おかげで紬と楽しい時間を過ごせそうだ」

「存分にお楽しみください」

柔らかな笑みを残して、颯爽《さっそう》とクレイルは部屋を出ていった。

二人だけになってから、紬は怜に向かって言った。

「怜さん……偉いんだね！」

「ん？」

「だってさ、クレイル様が敬語だったよ？」

「ふむ、確かに聖女は偉いらしい。王族の次くらいに偉くて、独立性も担保されているそうだ」

「おおおおお！」

「わりとやりたい放題なので、気分がいい。前世では予算とりや人間関係のしがらみが面倒だったからねえ」

怜のようなぶっ飛んだ天才には、ひょっとすると今のほうが都合がいいのかもしれない。

「どうにも元の世界に戻る手段はなさそうでね……居心地がいいのは救いかな」

そんな話をしながらテーブルにつく。

おいしそうなスコーンも存在感があるが、それ以上に目を引くのが屹立《きつりつ》するティースタンドである。カラフルなスイーツが盛り盛りと積まれている。

「すごい分量だねえ。いくらなんでも全部は食べられないなあ……」

「おそらくは晩餐《ばんさん》会の感覚で用意したんだろう」

「晩餐会？」

「多くの貴族を誘う以上、料理の欠品だけは避けなければならない。だから、残すことを前提に大量に作るのだよ」

「ああ、なるほど……」

「気軽に来たいから、次はここまでしなくていいとクレイル殿には伝えておくよ」

そう言ってから、怜がじっとティースタンドを見る。

「……今回は残すべきか。もったいない文明からやってきた我々としては困ったものだけど」

「あ、でも大丈夫だと思う。食べ残しは捨てるけど、まるまる残っていたらメイドに振る舞われるから」

他のメイドたちがそんな話をしていたのを紬は思い出す。おいしいおこぼれがある——高級貴族の家で働く役得というものだ。

「素晴らしい。なら、取り分けたものだけ責任を持って食べるとしよう」

二人はスイーツを取り分けた。

甘くておいしいものに舌鼓を打ちながら、二人は雑談を始める。しばらくすると、怜が思い付いたかのように話題を切り出した。

「そうだ、紬には元の世界に戻りたいという気持ちがあるのかい？」

「うーん……」

今すぐにでも戻りたい！　という言葉は出てこなかった。こちらの世界での生活にも慣れて、縁も増えてきたからだ。住めば都理論である。

「別に今のままでもいいかなあ、とか思ったり思わなかったり」

「感情の揺らぎが人間らしくて、とても素敵だね」

怜が小さく口元を緩める。

「だけど、その……差し出がましいようだが、ご両親が心配なさっているのでは？」

「ああ、そこは大丈夫。両親は亡くなっていて、兄弟もいないから」

「天涯孤独か……実は私もだよ」

「え、そうなの⁉」

珍しい一致に、紬は親近感を覚えてしまう。

「すごい偶然だね⁉」

「……どうだろう……ひょっとすると、聖女として召喚の対象になる人物のフィルタ条件なのかもしれない。係累が少ないほうが騒ぎにはなりにくいからね」

心の喪失感という点を考えても、それは正しいのかもしれない。

友人や同僚たちも同じく驚きを抱えているだろうが、親類のそれとは捉《とら》え方の深さが異なる。彼らに会えない寂しさは紬も感じているが、親を失ったときに比べると差があるのは事実だ。友人や同僚たちも、少しずつ立ち直りながら自分の人生を歩んでいるに違いない。

「だけど、怜さんの場合、騒ぎになっちゃうよね……？」

普通の保育士の紬が消えても、それほどのインパクトは世の中にはないが、世界的に有名な天才科学者の怜だと話は違う。

それこそ、世界をひっくり返したかのような大騒ぎが起こっていてもおかしくはない。

「フィルタ条件が甘いことを彼らは反省するべきだな」

皮肉を言ってから、怜が続ける。

「だけどね、この終わり方には満足しているんだ。世に天才と讃《たた》えられる科学者の、謎の失踪《しっそう》。きっとネス湖のネッシーのように語り続けられる物語になるだろう。そして、これはひとつの確かな現象でもある。世界中の学者が調べて、いつの日か召喚のメカニズムを解き明かすかもしれない」

その言葉は、紬の心に高揚を与えた。

この世界と元の世界が行き来できるようになったら、どんなにすごいんだろう！

「いくつもの謎を解き明かした科学者、葛城《かつらぎ》怜が残した最大にして最高のミステリー。彼らは正解にたどり着けるのかな？」

ふふふ、と笑ってから、怜が話題を変えた。

「ま、それはそれとして……我々は我々で、こちらでできることを楽しむべきだ。知り合いも増えてきてね、実は面白いものを作ったんだ」

言うなり、怜がテーブルに置いたものは――

「スマホ？」

前世では大人なら一台は持っている見慣れたものだった。

「え、怜さん、スマホ作っちゃったの⁉」

「あ、いや、すまない。これは白衣のポケットに入っていたものだ」

いかんいかん、ハードルが上がってしまう……とぼやきながら、怜はスマホのスリープを解除した。ぱっとホーム画面が点灯、右上のバッテリーには八〇％と表示されている。

「わあ、怜さん！　まだバッテリー切れてないんだね。私、とっくの昔に切れちゃって」

「充電できるようにしたからな」

「へ？」

「充電できるようにしたんだ。実演してみせよう」

取り出した袋をひっくり返すと、黄色いジェル状の何かをでろんとテーブルに広げた。

「これは無力化したサンダースライムだ」

「す、すらいむ？」

紬の頭に浮かんだのは、某国民的ＲＰＧの愛らしい雑魚モンスターだ。

……目の前にあるのは、愛嬌《あいきよう》も何もない、ただのジェルだが。

「弱電気を帯びていてね。金属製の剣で叩《たた》くとピリピリするらしい。今は無力化しているので問題ないがね」

言うなり、怜がスマホをサンダースライムに突き刺した。ずぽっとスマホの四分の一が埋まってしまう。

「えええええええええええ⁉」

突拍子もない行動に、紬は思わず声を上げてしまう。

そんな紬の反応を、怜は愉快そうに眺めている。

「君は反応が素直で楽しいな。それくらい大袈裟《おおげさ》だとプレゼンしがいがある」

「い、いや、いやいやいやいやいや！　誰でもびっくりするって！　絶対、スマホをスライムに突き刺した世界初の人間だよ⁉」

「何事も世界初は気分がいいものだ」

満更でもない様子で、怜が応じる。

「バッテリーの表示に注目してもらってもいいかな？」

言われた通り、バッテリーの表示を眺めてみると——

「えええええええええええ⁉」

再び紬は叫んだ。

「こ、これ！　怜さん⁉　バッテリーが充電マークになってるよ⁉」

「ふふふ、すごいだろう？」

「このスライムで充電できちゃうの？」

「ああ。スライムが不定形のおかげで、コネクタの形状も気にしなくていいのが素晴らしい」

そんな会話をしているうちに、ぴこっとバッテリーが八一％になった。

「すごおおおおおおおい！」

興奮する紬に、スマホを引き抜きながら怜が言った。

「せっかくなので、これを君に進呈しようと思うのだが」

「え、ほんと⁉」

「スマホは捨てていないだろう？」

「うん、部屋に置いてあるよ。これで読みかけだった電子書籍が読める！」

「それはよかった」

「ありがとう、怜さん！」

スライムをじーっと見てから、紬は疑問に思ったことを口にした。

「こっちの世界でも電気が使えるってことだよね？」

「そのようだな。魔法使いなら、より高圧な電力も作れるらしい。ただ、こちらの世界では生活に電気は使っていないようだ」

「……そうなの？」

「君だって、こっちの世界にも洗濯機やコンロがあるのは知っているだろう？」

「うん」

「我々の世界で言うところの電化製品だが、こちらでは魔導具というらしい。動力源は電気ではなく、魔力。魔法を基礎理論とした回路によって制御され、魔力版の乾電池ともいえる魔石をエネルギーとして動く」

「うきゅ？」

紬は妙な声を発した。脳の限界を超えてしまったからだ。

ふむ、と怜は少し考えてから、再び口を開いた。

「こちらの世界の洗濯機は『洗う』という魔法を形にした装置だ。よって、スイッチを押すと『洗う』魔法が発動して衣服が綺麗《きれい》になる。魔法なので魔力を使うため、乾電池に似た魔石を使っている。これでどうだろう？」

「あ、それならわかる！」

「こちらにはこちらの、術理があるということだな」

楽しそうな響きを込めて、怜が続けた。

「実に素晴らしい」

「やっぱり怜さんってすごいね！」

「うん？」

「私、そんなの考えたことなかったから。こっちにもコンロや洗濯機がある、やった！　便利だ！みたいな」

「ははは、まあ、職業柄なんだろうね。これはどうして動くのだろう、他に応用できないだろうか、そんなことをつい考えてしまう」

一拍の間を置いてから、怜が話を続ける。

「こちらはこちらで独自の発展をしていてね。モンスターの素材を使ったり、錬金術師が特殊な金属や繊維を作っていたり、魔法を利用したり。知らないことばかりで実に面白いよ」

そこで、怜がはっとした表情を作った。

「紬、君には興味がない話だったかな？　技術的な話に没頭してしまうのは私の悪い癖なんだ」

「ううん、そんなことない！　面白いよ！　それに、怜さんが楽しそうだと、私も同じ気分になれるから！」

それは紬の嘘偽《うそ》りのない本音だった。自分とは違う視点で世界を眺めている人が、本来であれば絶対に出会うことのなかった人が、楽しそうに紬と話してくれている様は心地よかった。

「そうかね。そう言ってくれると嬉《うれ》しいよ」

怜はまんざらでもない様子だった。

「聖女になったおかげで錬金術師や魔法使いといった知り合いが増えたのはいいことだ。そこで、私なりに研究を始めようと思っている」

「研究！」

これほど聖女という言葉に似つかわしくない言葉はない。

「ああ、研究だ。現代日本にあるのに、こちらには存在しないものはたくさんあるからな。それをこちらの世界で再現するのは楽しそうじゃないか？」

「わあ、すごい！」

心底から紬は賛同した。きっとこちらで生活している人たちの暮らしも便利になる。なんて素晴らしいんだろう！

そこで、ふと紬の頭に閃《ひらめ》くものがあった。

（あれがあれば、すごく便利になるかも……）

「あのね、怜さん。紙おむつって作れたりするのかな？」

紬の頭によぎったのは養育施設での経験だ。

養育施設では——というか、この世界では布おむつを使っていた。大量の幼児たちの布おむつの処理は、とても大変だ。洗濯機があるとはいえ、普通の衣類のように放り込んで終わりではない。

紙おむつさえあれば、手間だけではなく衛生面でも飛躍的な効率化が期待できる。

「面白い着眼点だね、紬」

目を細めて怜が応じる。

「シンプルな構成のアイテムだが、構成するパーツには科学的な要素が多い。こちらの世界の技術でどこまでできるのか――最初のトライアルとしてはうってつけだ」

「紙おむつっていうのだから、紙？　紙ならあるよね？」

ファンタジーだから羊皮紙！　ということもなく、現代日本に似た紙が使われている。

多少クオリティは劣るが、紙の量産技術はあると考えて――

「いや、紙おむつとは名前だけで、あれは紙ではないよ」

「え、そうなの⁉」

初めて知った衝撃に紬はのけぞりそうだった。

「あれは不織布《ふしょくふ》というものだ」

「不織布？」

「紙とは原料も製法も違う。似たものではあるけどね」

「そうだったんだ！　てっきり紙だと思っていたよ！」

「最初期は紙を使っていたらしいので、その名残で呼び方だけ残ったのではないかな」

「使われている原料はなんなの？」

「紙おむつに関しては、ポリプロピレンが使われているはずだ」

「ポ、ポリ、プ……？」

ポリプロピレン！

一度聞いただけでは覚えられないカタカナの単語に紬の頭は一瞬にしてオーバーヒートした。

「そうなんだ、じゃあ、そのポリ……なんちゃらを作る必要がある？」

「そうでもない。実はポリプロピレンについては錬金術師が同種のものを作っている」

「そうなの？」

「ああ、そこは調べておいたので間違いない」

「すごいね……そんなマイナーなアイテムまで調べているなんて……」

「マイナーではないぞ？　現代社会において、ポリプロピレンはあらゆる場所で使われている。マスクにも使われているくらいだ。最優先事項として調べるのは不思議でもなんでもない」

「ぐはっ！」

内心で、紬は吐血した。今の怜の言葉を要約すると「常識では？」だったから。

テンションを下げた紬を見て、怜が露骨に狼狽《ろうばい》する。

「ど、どうした、紬!?」

「い、いや、その、怜さんは悪くないから……自分の無知さ加減が恥ずかしくって、ちょっと落ち込んでいるの……」

「ああ、いや、気にしないでくれ、紬。私が悪い」

怜が困ったように頭をかく。

「その、知識をひけらかすつもりはなかったんだ。相手にそう思わせてしまうことは私の悪い癖で

――私の配慮不足だ」

怜がかなり落ち込んでいるので、紬は慌てた。

「そ、そんなの！　全然気にしないで！　むしろ、私の態度が悪かったというか！　怜さんは悪くないから！　怜さんは怜さんのままでいて欲しい。私のせいで怜さんらしくないのは嫌だから！」

「ありがとう、紬。君とは仲良くやっていきたいから、気になることがあれば言って欲しい」

「うん、わかった。だから、怜さんは遠慮せずに話してね？」

「もちろん、そうしよう」

「そのポリプロ……があるから、不織布はクリアなの？」

「いや、まだだ。ポリプロピレンを不織布に仕立てる工程が必要になる」

「おお……それはできそうなの？」

「あてはある。さすがに専門外なので細かいことは不明だが――失礼」

そう言って、怜はスマホを操作し始めた。

「これだ」

怜がスマホを差し出し、ホーム画面のアイコンを押すと『キングダム百科事典』というスプラッシュ画面が開いた。

「……百科事典？」

「そう。残念ながらネットには繋《つな》がらないが、ローカルに落とした百科事典が存在する。これで調べると、意外となんでも載っている」

その後、スマホをぽちぽちと操作して眺める。

「うーむ。熱をかけて圧力をかける感じか」

「大変そう！」

「物理的に行うなら、この世界の技術だと難しいな。だが、この世界には魔法という力がある。どうにかなるだろう」

（すごいなあ……）

自信たっぷりな怜を見て、紬は心底から尊敬してしまう。この世界に適応するだけで精一杯の紬と比べて、怜はすでにこの世界の理《ことわり》をかなり理解しているのだから。

「じゃあ、紙おむつはできそう？」

「いや、まだだ。吸水シートが必要だな」

お尻《しり》をやさしく包む不織布に、おしっこ漏れ完璧《かんぺき》ガードの吸水シートで使い捨ておむつの原型は完成する。

「……それも錬金術師さんが作っていたりするの？」

「ざっと調べた限りではなかった気もするが……そこは後で確認しておこう。ない場合は、モンスターの素材に頼るという手もある」

「モンスターの素材？」

「モンスターの特性を活《い》かすのさ。帯電している――」

怜はテーブルに置いてあるサンダースライムをぷよぷよと指先で押す。

「こいつのようにな」

「モンスターすごく便利！」

「吸水性の高いモンスターを探してみよう」

「……でもさ、モンスターの素材なんか使って、使い捨ての紙おむつを作っちゃっていいの？　用意するのが大変そうだけど」

「絶対に大赤字だろうね」

「ええぇ、ダメじゃん！」

「いやいや、確かにコストの問題はあるが——まずは作らないと。量産化によるコストダウンはその後の話さ」

「ああ、そうだよねー。だけどさ、これを作ること自体、結構お金がかからない？　それはどうするの？」

「問題ないよ」

あっさりとした口調で怜は言い切る。

「この世界で金を持っているのは国と教会だ。で、私は両方から敬われる聖女様だ。わかるかね？」

「うひゃー！」

怜の頭脳＋聖女の財力＝最強。

なんだか、とんでもない人物が爆誕したことを紬は再認識した。

怜が軽やかに笑う。

「柄にもない聖女なんて役を押し付けられたんだ。それくらいの役得があってもいいだろう？」

なんだか、この聖女は世界すらも改革してしまいそうで、紬は恐ろしいものを感じた。

その後、紙おむつに関するこだわりポイントを紬からヒアリングした後、怜は立ち上がった。

「わかった。知り合いの錬金術師たちと協力して試作品を作ってみる。できたら持ってくるから君のほうで試してみてくれ」

そう言うと、怜は颯爽《さっそう》とした足取りで部屋から出ていった。


早朝、メイド服を身にまとった紬はそっとレイチェルの部屋を訪れる。

最初の仕事――レイチェルを起こすためだ。

小さな公爵令嬢は、天蓋《てんがい》付きのベッドですやすやと眠っている。朝ですよー！　起きてくださーい！　と叫びながら、体をゆさゆさと強引に揺するような真似《まね》を紬はしない。

そっとカーテンを開いた。

柔らかい日差しがレイチェルの顔を照らす。

まだまだ寝たい子供を無理やり起こしても暴れるだけなので、こうやって自発的に起きることを促す。そのほうがきっと子供も幸せな寝覚めになるはずだ。

ほどなくしてレイチェルは目を覚ました。

「うう、うー……」

ぼうっとした目のレイチェルに、紬は丁寧な動きで頭を下げる。

「おはようございます、レイチェル様」

「おはよー、ツムギ……」

そんな何気ない挨拶《あいさつ》を聞くたびに、紬は綺麗《きれい》な花を見つけたような気分になる。この屋敷に来たときは、起こしにきても挨拶のひとつも返してくれなかったから。

「朝ですよ。支度をしましょう。朝食の時間です」

「わかった……」

レイチェルがベッドから降りる。立ち尽くすレイチェルの寝巻きを脱がせて、令嬢としての服を着せていく。保育園だとこれくらいの子供なら自分で着替えさせるものだが――

(貴族の令嬢だからねえ……)

そういうものなのだ。その辺は歯がゆいが、仕事なので仕方がない。

「終わりましたよ、レイチェル様」

そこでレイチェルが振り返り、紬の腰に抱きついた。

「ありがとう、ツムギ！　今日もよろしくね！」

もう目が覚めたのだろう、好意一〇〇%のはっきりした声だった。最近、レイチェルはストレートに好意を表現してくる。

(はわわわわわわわわ～。過分です、レイチェル様！)

幸せ成分に満たされた紬はレイチェルの頭を撫《な》でた。

「はい、こちらこそよろしくお願いします」

紬は小さな令嬢となったレイチェルとともに食堂へと移動する。

「おはよう。レイチェル、ツムギ」

にこやかな笑顔でクレイルが挨拶をする。

ちなみに、クレイルは常にレイチェルよりも早く食堂に座っている。というより、常に参加者では一番乗りらしい。そして、付き従ってくるメイドや従僕たちにも気さくに挨拶している。この辺は屋敷を取り仕切る人間としての行動なのだろう。

（立派だなあ、クレイル様は）

そんなふうに紬は尊敬していた。

クレイルとレイチェル、そして、屋敷に暮らしている親戚《しんせき》の数人を加えて朝食が始まった。

クレイルの父親は領地で仕事をしているので、こちらの屋敷は嫡男のクレイルに預けているらしい。あとは、彼の仕事をサポートするための親戚たちが暮らしている。

食事が終わった後、部屋に戻ったレイチェルはにっこりとした笑顔で紬に声をかけた。

「ねえねえ、遊ぼうよ、ツムギ！」

「はい、もちろんです！」

また、今日もレイチェルの日々を幸せで埋めていく時間が始まる。むしろ、どう埋めてあげようか、これはもう腕の見せ所じゃないかと、紬は昂《たかぶ》ってしまう。子供の笑顔はプライスレスなのだ。

その日の遊びはレイチェルが提案した。

「このぬいぐるみをね、ここに置くの」

部屋の端にレイチェルが大きなクマのぬいぐるみを置き、今度は逆側の端に歩いていく。

「私がここから、そのぬいぐるみを取りにいくから、ツムギが邪魔するの？　わかった？」

「わかりました！」

「いくよー！」

レイチェルが走ってくる。丈の長いスカートだが、お構いなしだ。走ろうとする子供は止まらないのだ。紬はそれを止めるのだが、少し掛け声に工夫をすることにした。

「ぬりかべー」

「わー、邪魔されたー！」

それから何度もレイチェルが突進してくるたびに、紬は「ぬりかべー」と言って止めた。やる気がない感じで、ぬめっとした調子で口走るのがコツだ。

レイチェルも紬の妙な掛け声に気がついた。

「何よ、ツムギ！　ぬりかべって！」

語感が面白かったのか、レイチェルが大笑いしている。子供の笑いの沸点は低いのだ。

「ぬりかべというのはですね、妖怪《ようかい》の一種です」

紬は妖怪が大好きだった。子供のときに妖怪のアニメにハマったせいで、小学生の頃は妖怪の本をよく読んでいた。主要な妖怪なら頭にすっぽりと入っている。何の役にも立たない趣味だと思っていたが、大人になってから意外と役に立った。

子供は妖怪が好きなのだ。

紬の妖怪のモノマネは園児たちのウケが良く、鉄板のネタだった。

「妖怪ってなに？」

「妖怪はですね……私が暮らしていた世界の――」

はて、なんだろう？　と紬は思った。お化けは違うし、妖精《ようせい》や精霊に近い気もするが、外見の多様性はその限りではない。

「……特殊な力を持った存在ですね。人に近い外見の妖怪もいれば、全く違う妖怪もいます」

「ふーん、ぬりかべはどんな感じなの？」

「ぬりかべはですね……」

紬は大きく広げた両手を上下左右に振った。

「こーんなに大きな壁です。通せんぼするんですよ」

「だから邪魔するとき『ぬりかべー』なんだ！」

「そうですよ。ぬりかべー」

ぬめっとした感じで言いつつ、レイチェルの体に手を回す。レイチェルは、きゃっきゃっとはしゃぎながら紬の腕からすり抜けた。

「ところで、さっき『私が暮らしていた世界』って言っていたけど、どういう意味？」

「ええと、私はここじゃない世界から来たんですよ――」

と気楽に答えつつ、あ、しまった、と紬は失敗に気がついた。秘密にするべきかどうかは不明なのだが、あまりベラベラ喋《しゃべ》る内容でもないような気がする。

だが、出てしまった言葉はもう取り消せない。

レイチェルが瞳《ひとみ》をキラキラさせて質問してきた。

「ここじゃない世界って⁉」

「え、ええと……魔法がない世界ですね」

「なーんだ、魔法がないんだ。つまらなーい。こっちの世界に来れて良かったね、ツムギ！」

「む」

少し対抗心が燃えてしまった。なぜなら、あっちの世界には魔法がなくても、便利さでは圧倒的に上だと思っているからだ。

「でもですね、飛行機とか電車で遠い距離もすぐに移動できるし、電話で遠い人とも簡単にお話しできるんですよ！」

「え、すごい！　どんな感じなの、教えて！」

再び目をキラキラとさせるレイチェルに紬は説明をしようとしたが、なかなか難しかった。飛行機も電車もぬりかべほど単純なデザインではなかったからだ。

「飛行機は、こーんな感じで、翼がぴーんと伸びていて、ゴー！　って迫力で飛ぶんです！」

「わかんなーい。なんで、飛ぶの？　魔法はないんでしょ？」

「ええと……よ、よくわかりません……」

ここに怜がいればベルヌーイの定理について語り始めるのだが、残念ながら、紬は怜ではなかった。むしろ、語り始めても、二人とも理解できないので怜がいなくて良かったぐらいである。

「もー！　せめて形だけでも教えて！　絵で描いて！」

「……う、絵ですか」

紬は頭を抱えた。なぜなら、紬は絵に自信がない。どうやっても上手《うま》くならないもの、というのがこの世にはあって、それが紬にとっての『絵』だった。

「描いて！」

公爵令嬢の命令に従い、紬はペンを走らせた。飛行機、電車、電話。もちろん、似ていない。飛行機の絵を見たレイチェルがこんなことを言った。

「あ、知ってる！　雲でしょ！」

怪しげな輪郭の、空を飛ぶものといえば、確かにそれかもしれない。

「いえ、違います。ええと、その……これが飛行機です」

「雲との違い、わかんなーい！」

はい、わかりませんよね。確かに、雲と言われると雲に見えるくらい、雲だった。紬の中では飛行機なのだけど。ぬりかべもそうだが、頭の中でははっきりとあるイメージが伝えられないことにもどかしさがある。きっと、それが表現できれば、もっと楽しく会話できるはずなのに。

「力及ばずです……」

しかし、だからこそ、紬の頭には力強く輝くブレイクスルーが閃《ひらめ》く。

召喚後の蟄居《ちっきょ》生活で知った映像魔法――砂漠で見える蜃気楼《しんきろう》のように、幻の映像を作る魔法だ。

それを使えば、きっとレイチェルにも前世の素晴らしい世界そのままを見せてあげることができるはず。

（やっぱり、あの魔法を覚えてみたい！）

紬はそんな想《おも》いを再認識した。

せっかく異世界に来たのだから、魔法のひとつも習得してみたいではないか。色々と落ち着いてきたし、それを考える良い時期なのかもしれない。

そんなことを紬が考えていると、

「ねえ、ツムギ。おいしかった食べ物はあるの？」

「おいしかった食べ物ですか……？」

紹介する以上は興味を持って欲しい。レイチェルが食いつきそうなものを答えた。

「……そうですね。コロッケとか、ありますよ」

「コロッケ？」

「はい。茹《ゆ》でて潰《つぶ》したじゃがいもと牛肉を混ぜるんですよ。で、それを丸い形にまとめて揚げます。子供に人気があるんですよ」

「どんなの？」

「こう、外側はカリッとしていて、でも、中はほっくほくなんですよ。そして、お肉の旨《うま》みとじゃがいもの甘さが口の中に広がって――」

「食べてみたい！」

「え？」

「食べてみたい、作って！　食べてみたい食べてみたい食べてみたい！」

好奇心が暴走した子供を止める方法は、その願いを叶《かな》えてあげることだけ。子供が好きそうなものを口にしたのだから、当然の帰結であった。

（ですよねー）

そんなわけで、紬は異世界初のコロッケを作ることになった。

「わかりました、では昼のおやつタイムに食べましょう」

約束した時間が近づいてきたので、紬は厨房《ちゆうぼう》へと向かう。

「あのー、ごめんください……」

新入り、かつ、メイドの領分ではない場所なので緊張してしまう。

「なんだい？」

コックコートを着た、赤毛の女性が近づいてきた。

料理長のアマンダだ。歳《とし》の頃は三〇歳くらい。同僚から聞いた噂《うわさ》によると、王都の有名店の出身で、名のある料理コンテストで大賞をとったこともある実力者だ。公爵家の人間だけではなく、家で働く人間もアマンダの料理にはお世話になっているので、紬もその腕前は知っている。

「レイチェル様付きメイドの紬と申します！　いつもおいしいご飯をありがとうございます！」

「はん？　そんなことを言いに来たのかい？　わざわざ言いに来てくれるのはありがたいけど」

「いいえ、実は！　その……！　レイチェル様から料理を作って欲しいと言われまして！　厨房をお貸しいただけると助かります！」

「ああ⁉」

「ひいいいい⁉」

むっちゃ凄《すご》まれた。紬は、無理もない、と思った。自分の職場に関係のない人間が入ってくるのだから、それは当然だろう。アマンダはその辺に関して高いプライドを持っている感じもする。

「レイチェル様のおやつだろ？　私が作るよ。何が欲しいんだ？」

「ええと、その、コロッケです……」

「ああ⁉」

「ひいいいい⁉」

再び、むっちゃ凄まれた。

「そんな料理は知らないね。一体どういうものなんだい？」

「私の……故郷の料理です。茹で潰したじゃがいもと牛肉を混ぜたものを丸めて揚げた感じのものです」

「ふぅん、知らないけど――おいしそうじゃない」

アマンダの目が、まるで獲物を見つけた狩人《かりゅうど》のように光を帯びている。料理に慣れた人物だけに、紬の雑な説明だけでも、味の見当がつくのだろう。

「はい、おいしいんですよ！　そんなわけで、私が作りますので厨房を貸してください。アマンダさんのぶんも作りますから！」

「ダメ」

「えええええ……」

「レイチェル様の口に入るものなんだろ？　任せられないね。あんたが作り方を教えな。そもそも、どこに何があるのかもわからないだろ？　勝手に触られると困るんだよ。あと、厨房に入るなら上だけでいいからコックコートを着て。そこのロッカーにあるから！」

「は、はい！」

ブートキャンプに送り込まれる新兵のような心持ちで紬は背筋を伸ばして返事をした。

調理場まで来て、再びアマンダが口を開いた。

「で、まずは何をするんだい？」

「ええと……アマンダさんも食べますよね？　じゃあ、コロッケ三個なんで、使うじゃがいもは一個で充分ですね。まず皮を剥《む》いて八等分に切ってください」

「おいおい、じゃがいも一個だけって。どうせ作るならコロッケ一〇個くらいでどうだ？　知らない料理なんだ、うちの連中にも勉強がてら食べさせるよ」

「わかりました……じゃあ、コロッケ一〇個なら……じゃがいも三個でお願いします」

「はいよ」

アマンダがじゃがいもを持ってくる。包丁を手に取ったので、

「あ、私もお手伝いします！」

「ははは、じゃがいもの皮を剥くのに素人の手を借りるほうが面倒だ」

その言葉は伊達《だて》ではなかった。アマンダが包丁一本でとんでもない速度で皮を剥いてしまう。漫画で見るような、薄皮一枚だけを切るような感じの鮮やかさだ。

（……やらなくてよかった……）

紬の場合、ピーラーどこですか？　から始まったからだ。そもそもあるの、ピーラー？

「で、次は？」

「塩茹でにしてください」

アマンダが慣れた手つきで鍋《なべ》に水を注ぎ、塩を加えてからじゃがいもを投入する。火にかけて
――もちろん、茹で上がるまでぼんやりしているアマンダではない。

「はい、次々」

「ええと、まずは玉ねぎ半分をみじん切りにしてください」

「あいよ」

持ってきた玉ねぎが、漫画のふたコマオチのような速度で木っ端微塵《みじん》になった。

「次はですね、牛の挽《ひ》き肉《にく》を用意します」

「は？　挽き肉？　何それ？」

ぽかんとした様子でアマンダが言う。

（……ひょっとして、ここには挽き肉の概念がない⁉）

確かにハンバーグ系の料理を見たことがない。

参った、あれがないと何もできない！

「ええと、ですね……形がなくなるくらい細かくした肉で……粘土みたいに扱える肉がいるんです」

「へえ、それが挽き肉かあ……わかったよ。分量は？」

自分自身でも雑だなあ、と思う説明にアマンダは力強い返事をしてくれた。さすがはプロである。

紬はアマンダが用意してくれた牛肉の重さを計量して答えた。

「この肉の半分くらいでいいと思います」

「あいよ。じゃ、粘土みたいな肉ってのを作ってみるかね」

アマンダは半分に切り落とした肉を細切りにし、さらに小さく刻んで肉片にすると、今度は包丁の刃で肉を細かく叩《たた》き、紬が言った通りの挽き肉を作ってしまった。

紬は興奮してしまう。

「おおおおおおおおお！」

まさにプロだった。あんな雑な説明に一〇〇点回答するあたりが。

「これでいいかい？」

「は、はい！」

まさか挽き肉を作ってしまうなんて！　スーパーで買うことしかできない紬には驚きだ。

「あとは、玉ねぎを炒《いた》めてですね、後から挽き肉を追加、塩こしょうで味付けします」

言われた通りに手を動かしながら、アマンダの視線が挽き肉に動いた。

「挽き肉かあ……ああいうのがあるんだねえ。いい勉強になったよ。コロッケの他にも使えるレシピはあるのかい？」

「ハンバーグとかですかね」

「ハンバーグ!?　何それ!?」

興味津々の顔でむちゃくちゃ食いついてきた。ハンバーグの作り方の説明を聞きながら、アマンダが茹で上がった芋を取り出し、押し潰してマッシュ状にしていく。

そして、そのマッシュ状のポテトに玉ねぎと挽き肉の炒めものを加えてボウルにまとめる。混ぜ合わせてから一〇個のコロッケに成形した。

「で、これを？」

「小麦粉、溶き卵、パン粉の順につけて、油で揚げてください」

「揚げるんだな、わかった」

言うなり、アマンダはフライパンに牛脂をのせて溶かしていく。

（……ううん……？）

油で揚げるのイメージが紬と違う。液体状の油を大きな油鍋にだぶだぶと注ぎ入れ、高温まで熱して、じゅわわわ～と揚げる感じなのだが。

「あの……焼くんじゃないですよ？」

「ああ!?」

「ひいいいい!?」

またしても凄まれてしまった。

「あの……私、なんか変なこと言いました？」

「揚げるんだろ？　何が変なんだ？」

どうやら、何かが思いっきり食い違っているらしい。しかし、挽き肉のときとは違って、アマンダは『揚げる』という言葉そのものには引っかかっていない。

（だったら……）

少し考えてから、紬はこう言った。

「揚げてくれるのなら大丈夫です！　狐色《きつね》のかりかりに仕上げてもらえれば！」

「任せな！」

言うなり、アマンダはフライパンに衣のついたコロッケを並べた。

（ああ、揚げ焼きか……）

どうやら、こちらの世界ではこれがトレンドらしい。前世では定番の、ぐらぐらと熱い大量の油の中を泳がせる揚げ方は使われていないのだろう。

ここまでを振り返って、紬は少しばかり感動してしまった。

目を見張るのは、アマンダの高い調理技術だ。

プロの技を間近で見たのは初めてだったので、その流れるような手捌《てさば》きは見惚《みと》れるほどだ。素人の紬が厨房に入ることに難色を示したプライドも当然だろう。彼女自身が相当の修練を積んで、ここに立っているのだから。

「本当にすごいんですね、アマンダさん」

「あん？」

「腕前ですよ。足元にも及ばないというか……本職の人の技術って、見ている人の心を動かすほどにカッコいいんですね」

「は、はあ⁉　いきなり何を言ってるんだい⁉」

急に顔を赤くしてアマンダが狼狽《ろうばい》した。

「まあ、素直なことはいいことだよ。だから、私も素直になるか。ありがとよ、あんたの教え方も上手だったよ」

「あはは、お役に立てて嬉《うれ》しいです」

「これで終わりなんだろ？　レイチェル様を呼んできなよ」

「わかりました！」

部屋にレイチェルを呼びにいくと、レイチェルは満面の笑みで「うん、わかった！」と言って立ち上がった。

「コロッケー♪　コロッケー♪　コロコロコロッケー♪　コロロロロー♪」

謎の自作歌をご機嫌に歌いながら廊下を歩いていると、前からクレイルがやってきた。

「お疲れ様、ツムギ。レイチェル、どうしたんだい、楽しげな歌を歌って？」

「うーんとね、ツムギがコロッケをご馳走《ちそう》してくれるの！」

「コロッケ？」

「ツムギの故郷の食べ物だって！」

「へえ」

興味深そうにクレイルが目を細める。クレイルは紬が異世界人であることを知っているので、その点でも興味は倍増だろう。

「ちょうど小腹が減っていたんだ。ツムギ、私も一緒していいかな？」

「大丈夫ですよ。ぜひどうぞ」

食堂にたどり着くと、アマンダが四個のコロッケを持ってきてくれた。

まるで高級なステーキのように、高価な皿のど真ん中に狐色のコロッケが置かれている。おまけに皿の左右にはフォークとナイフまで配されている。

大衆食らしくない扱いだが、レイチェルたちにとってはこのほうが食べやすいのだろう。

実食が始まった。

レイチェルが食べた瞬間、叫んだ。

「おいしいいいいいいい！　サクサクのホクホクだあああああ！」

アマンダはアマンダで、口元を押さえながら、

「へえ……これは面白いね。じゃがいもと挽き肉の食感が……こうなるのか……」

感心した口調でつぶやいている。

クレイルもまた、口に入れた瞬間、電撃に打たれたような顔をした。そして、ごくりと飲み込んでから感想を口にする。

「素晴らしい。今までにない感じだ。なんと言うのだろう……複数種類の食感と味が楽しめる、というか」

「それですよ、クレイル様。この料理、かなり計算されていますよ。焼く、煮る、そういう単純なものじゃない……料理として計算され尽くしたものを感じます」

アマンダが興奮した表情で付け加える。

予想を超えたみんなの反応に紬自身がビビっていた。

（え……ただのコロッケですよ⁉）

そこまで紬は感動的にコロッケを味わったことがない。だが、コロッケの誕生は近代史に遡《さかのぼ》る。

つまり、開発されてまもない料理ではあるので、料理技術の到達点と言えなくもない。

そう思い直し、

（コロッケって、意外とすごいんだ！）

みんなに喜んでもらえて、紬は感動してしまった。

その後、おいしいおいしいと言いながら、コロッケをあっという間に食べ終えてしまった。

それから、アマンダが厳かな口調で提案した。

「このコロッケ、公爵家の定番メニューにしたいのですが、どうでしょうか？」

「もちろんだ、アマンダ。ぜひ頼む」

そんなこんなで異世界に爆誕したコロッケは、公爵家御用達《ごようたし》メニューというとんでもない地位を得てスタートすることになった。

付け加えると、そう時間が経たないうちにハンバーグも追加された。

第三章　避暑地にて保育士は伝説となる

ある日、紬《つむぎ》が公爵家でメイドの仕事をしていると、ふらりと怜《れい》が現れた。

「ちょっと困ったことがあってね。力を貸してくれないか？」

困ったこと⁉

完全無欠の怜とは結びつかない言葉に紬は驚いた。

「怜さん、困ることあるの⁉」

「紬、君は私をなんだと思っているんだい？」

寛容なクレイルに許しをもらった後、紬は怜とともに馬車に乗り込んだ。

馬車に揺られる最中、怜が話を始める。

「ほら、紙おむつを作るという話を進めていたじゃないか」

「うん」

「作製するのに、腕のいい炎の魔法使いが必要なんだが、なかなか首を縦に振ってくれなくてね。一〇日ほどこちらに張り付いてもらう必要があるんだが、それが不服のようなんだ。ただ、どうしてなのかは教えてくれない。どうにか説得したいんだけど、どうも私はそういうのが苦手でね」

怜が大袈裟《おおげさ》に両肩をすくめる。

「そこで、人当たりのいい紬に協力をお願いしたいわけだ」

「うーん、別にいいけど、私で大丈夫かな？」

「どうだろうねえ」

怜は口元に笑みを浮かべる。

「だけど、私よりはきっとマシだから、頑張って欲しいんだ。期待しているよ」

紙おむつの未来は紬の背中に託された。

馬車がたどり着いたのは、閑静な住宅街にある一軒家だった。

怜が来訪を知らせるなり、玄関口で出迎えた家の主《あるじ》はうんざりした表情を浮かべる。

「またか、聖女。人の家まで押しかけてきやがって。悪いけど、寝不足なんで機嫌が悪いぞ」

魔法使いヒルトだ。目元に作ったクマが己の言葉を証明している。鋭そうな目つきも少し緩んでいた。年は二〇代前半と若いが、高火力の炎を操るだけではなく、微細な温度調整にも高い技量を誇っている。

「悪いけど、今は取り込み中なんだ。帰ってくれ」

「そうか。だが、こちらも引けなくてね。私の実験には君の力が必要なんだ」

「実験って……聖女が口にする言葉か？」

はっ、と笑いながら、ヒルトは首を振った。

「俺の返事は変わらないよ。一〇日間ずっとだっけ？　その時間を割り当てる余裕が今は――」

ヒルトの声は、家の中から響く突然の声にかき消された。

「あーっ、あーっ、あーっ！」

そんな泣き声に。

聞き馴染《なじ》みのある声だったので、一瞬にして紬は答えにたどり着いた。

「……赤ん坊？」

ヒルトが小さく舌打ちした。

「……そうだよ。生まれたばかりのガキがいるんだよ。産後で疲れた嫁だけじゃ、どうしようもないだろ？　俺も張り付いてやらなきゃいかん。俺のイメージじゃないから、黙っていたんだけどな」

この世界は基本的に男性優位である。

なのに、率先して手伝いをしようとするヒルトは偉いと紬は思った。

「それなら難しいですね」

それじゃあ無理はさせられない、他を当たらなきゃ、と紬は頭を切り替える。

だが、隣の天才聖女は違った。

「なんだ、そんなことが問題なのか。紬、少し手伝ってきてくれないか？」

「へ？」

驚いた紬は、きょとんとした顔で怜を見る。

怜は、世界の定理を口にするかのような調子で続けた。

「この紬は、幼児の世話におけるプロフェッショナルだ」

「え、えええええ!?」

「この、姉ちゃんが!?」

紬は慌てて、怜に話しかけた。

「でも、私……レイチェル様のお世話があるから、代わりはできないよ？」

「そこは調整の余地があると思うんだ……このままだとつかみかけたチャンスも失いかねない。ダメもとで流れに乗ってみよう」

天才科学者のチャレンジ精神を目の当たりにした紬は覚悟を決めた。

ヒルトに目を向ける。

「わかりました！　お手伝いします！」

「……本当に大丈夫なのかよ……？」

だが、泣き止《や》む様子のない赤子の声に折れたようだ。

ぼやきながらも、ヒルトは奥の部屋に紬と怜を連れていってくれた。そこには小さな――生まれたばかりの赤ちゃんを抱き、必死にあやす母親が座っていた。

母親の目にはヒルト以上のクマがあり、顔は疲労でぐったりしていた。

その顔を見た瞬間、紬は、まずい、と思った。

彼女の怪訝《けげん》な視線が紬たちをとらえる。

「その女の人は……？」

「……うーん……育児のプロって話なんだけど……」

「私の名前は紬です！　あの、お子さんの面倒を見ますから、お母さんは寝てください！」

間違いなく、母親は限界を迎えつつあった。

生まれたばかりの子供に、昼と夜の概念はない。好きなときに寝て、好きなときに泣く。昼夜を問わない。

だけど、世話をする親は夜に眠る生活を送る――

そこに矛盾が生じる。

赤ちゃんの夜泣きで生活が崩壊する両親は多いのだ。

(このお母さんは、かなりストレスが大きい！)

紬はそれを察知していた。

母親は突然の流れに困惑していたようだが、一向に泣き止まない赤ちゃんと、己の疲労に耐えきれなくなったのか、ヒルトに確認の視線を向けた。

「その、聖女様の紹介だから、信用していいんじゃないか？」

それで納得したのか、母親がおずおずと赤ちゃんを差し出す。

紬は赤ちゃんを抱き上げて、にっこりと赤ちゃんにほほ笑みかけた。

「怖がらないでね〜。初めましてだね、ママのほうがいいよね？　でも、お姉ちゃんも頑張るからね。一緒に落ち着こうね？」

三分後。

赤ちゃんは紬の腕の中で、すやすやと眠っていた。

母親が、疲れ切った声でそんなことを言っている。

「奇跡が起こった……」

奇跡！

しかし、それが決して大袈裟ではないことを、紬は知っている。小さい赤ちゃんを落ち着かせることがどれほど難しいことかを。どれほど絶望的なことかを。

きっと、あの母親は連日連夜、必死になってお世話をして、擦り切れているのだろう。まともに眠れていない彼女には少しばかりの休息が必要だ。

「私がこの子を見ていますから、休んでください」

「え、ええと……」

彼女は少し困惑したようだが、夫の紹介という点を踏まえ、紬を信頼できる人間だと判断した。

「じゃあ、お願いできるかしら。本当に、眠くて……」

「大丈夫です！」

ふらふらとした様子で母親が寝室へと消えていった。その後ろ姿を見送ってから、ヒルトが口を開く。

「あんた、本当にプロだったんだな……」

「自信はあります！」

「助かったよ……生まれてから毎日、夜中でも泣いているからな……あいつに迷惑のかけっぱなしだったんだよ」

「ヒルトさんも少し眠っては？　怜さんと一緒に待ってますよ」

「お言葉に甘えさせてもらう……」

ヒルトもまた、ぐったりした様子で寝室へと移動する。

横で成り行きを眺めていた怜に紬が話しかけた。

「二人とも寝不足みたいだったから、仮眠をとってもらったんだ。よかった？」

「構わないさ。起きるまで待とう」

「ありがとう。暇じゃない？」

「考えるべきことならいくらでもある。暇を感じたことはないな」

「すごいねえ」

ずっと赤ちゃんを抱っこしている紬の姿を、怜は興味深そうに眺めている。

「ところで、その赤ちゃん、寝ているなら降ろせばいいんじゃないか？　ずっと抱えているのも大変だろ？」

「ああ……背中スイッチがあるからね……」

「背中スイッチ⁉」

怜が、世界初の発見をしたかのような表情を作った。

「はて……解剖学的な観点で、人間の幼少時には背中にスイッチがあるのかい？　歳《とし》を取ったら消える？　蒙古斑《もうこはん》のように？」

「そういう意味じゃないよ。俗説だね。寝ている赤ちゃんを布団の上に置こうとすると、まるで、背中にスイッチがあるみたいに、目を覚ましちゃうっていう話があるの」

「面白いワードだ！」

「だから、なかなか降ろすのは大変なんだよね」

だが、今の紬に難しさはない。なぜなら、心が読めることと関係しているのか、赤ちゃんが深い眠りに落ちた瞬間が感覚的にわかるからだ。

（……今……！）

そっとゆりかごの上に置くと、赤ちゃんはムズムズとしただけで、そのまま、すやすやと眠っていた。

（う～ん……前世でもこの能力があれば！）

背中スイッチに泣かされ続けた紬はそう思ってしまう。

その後、しばらく静かに過ごしていると、ヒルトと彼の妻が寝室から出てきた。短い睡眠だったが、ぐっすりと眠れたようで、どよんとした雰囲気は消え去っていた。

「久しぶりに快眠できたわ！　本当にありがとう！」

母親の声には活力があり、顔色もよくなっている。ヒルトも同様だ。

「すまねえ、面倒を押し付けて」

「いえいえ、いいですよ」

赤ちゃんは今もすやすやと眠りについている。

ヒルトが大きく息を吐いた。

「うちの状況はわかってもらえただろ？　この有様だからさ、長期間、家を空けられないんだよ」

この惨状だとそうだろう。

無理にそうすると間違いなく離婚の危機だ。

それじゃあ、仕方ないですね。そう紬が言おうとしたら――

「ひょっとして、あなたの代わりにツムギさんが来てくれるって話だったりするの？」

母親が勢いよく割り込んできた。

その目は、今まさに希望の光を垣間見《かいま》た！　という感じだ。

（あ、これはその条件だと押せそうな感じ……）

と紬は思ったが、それは無理だった。紬にはレイチェルのお世話があるから。

「うう～ん、一〇日間ずっととなると――」

聖女である怜の案件でもあるし、なんとなくクレイルに相談すれば通してくれる気はするのだが、その辺は使用人として甘えるわけにもいかないのだ。

そこで怜が口を開いた。

「では、仮に一日四時間とか、どうだろう？」

「それくらいなら、大丈夫かも？」

「私、四時間だけでもツムギさんが来てくれると助かります！」

母親が前のめりになって言い切る。まるで、地獄で見つけた蜘蛛《くも》の糸は決して離さないという意思を感じさせるほどに。その間は確実な安眠ができるのだから、必死なのも当然だ。

それに異を唱える人物がいた。

「待て待て待て！　四時間だけって！　それなら俺がいたほうがいいだろ⁉」

ヒルトが己の存在価値を主張する。

「ああ……」

母親は額に手を当てながら、言葉を選びつつ話し始めた。

「ええと……もちろん、あなたがあなたなりに頑張ってくれているのはわかるのだけど、その……基本的に、私が指示しないとダメじゃない？」

「がっ⁉」

「だから、私は気が休まらないの。でもツムギさんだと、全部お任せで大丈夫だから、楽なのよね……」

「お、お、お、お……」

「あの、その、本当に、あなたが頑張ってくれているのはわかるのよ！　わかるんだけど――」

ここで二択。紬の四時間と夫の二四時間を選ぶならどっち！

生死がかかっている母親は容赦なく正しい選択をした。

（……ううう、ごめんなさい！）

最愛の妻に厳しい評価を突きつけられて真っ白に燃え尽きているヒルトに、紬は内心で謝った。

母親が紬に目を向ける。

「ところで、何を作ろうとしているの？」

「紙おむつです」

「おむつ……紙？　布じゃなくて？」

「はい。布だと洗うのが大変じゃないですか？　紙だとポイッと捨てて終わりにできます」

その瞬間、毎日おむつを洗うことに疲れていた母親の目が輝いた。

「それ、最高！」

そして、すごい勢いで首を回してヒルトを見た。

「絶対、必要よ！　作って！　早く！」

「……お、おう……」

妻のテンションについていけないヒルトは圧倒されながら、首を縦に振った。

怜が深くうなずく。

「では、紬の許可が得られ次第、話を進めるとしよう」

ついに紙おむつ開発が始まる。

ひとつの課題が片付いたので、

(そうだ、ヒルトさんなら知っているかも……)

ふとした質問をヒルトに投げかけた。

「あの、ヒルトさん。王都に住んでいる映像魔法を使えるお知り合いはいませんか?」

「……映像魔法?」

「はい。その、学んでみたいなと思ってるんですけど、あてがなくて……」

「まあ、少ないからな、映像魔法の使い手は」

「そうなんですか?」

「映像を作るだけだからな……実用性がないから学び手も少ないいんだよ」

「そうなんですね」

紬はあまり納得できなかった。きっとそれは、前世で『たくさんの映像』を見ていたからだ。おそらく、そこに『認識の差』があるのではないか。

(ひょっとすると、私だからできる何かがあるのかも!)

そんなふうにわくわくしてしまう。

少し考えてから、ヒルトが言った。

「いるよ、一人。とびきりのが」

「本当ですか!? って、と、とびきり!?」

「腕は間違いない。ただ……ちょっと癖があるけどな」

「おおおおお……」

もっとこう、普通の展開——常識的で優しい師匠に丁寧な指導で導いてもらえる牧歌的な展開を期待していた紬は心が震える気分だった。

「この案件が片付いたら、紹介状を渡すよ。ただ、そこまでだ。あいつが弟子を取るイメージはないんだけど……そこは自分で交渉してくれ」

約束通り、紬はヒルトの代理として育児の手伝いを最終日までやり遂げた。

「ありがとう！　ありがとう！　ツムギさんがいてくれて本当に助かったわ！」

まさに神を崇《あが》めるかの様子で母親が感謝してくれる。

「お役に立てて光栄です」

「じゃ、今日からはまた俺が頑張るよ」

そう言ってから、ヒルトが紬の耳元に口を近づけた。

「あのさ、俺の育児であいつ我慢できるの？　無理じゃないか？」

「ああ……ど、どうでしょうね……大丈夫じゃないかと……」

もちろん、あまり大丈夫だとは思っていない。紬の育児無双を味わった彼女は、もうそれを知らなかった時代には戻れないのだ。

言葉とは裏腹な紬の表情を見て、ヒルトがため息をこぼした。

「まあ、頑張るよ。で、これが紹介状」

そう言って、ヒルトが便箋《びんせん》を渡してくれた。そこには『トレイシーへ』——と書かれている。

「トレイシーさんなんですね」

「悪いやつじゃないんだけどな……独特なやつっていうか……ま、人の好《よ》さそうなあんたならうまくやれるんじゃないかな？」

その不穏な言葉が、別れの言葉となった。

後日、紬はトレイシーの住居を目指すことにしたのだが——

「怜さんも来てくれるの？」

「映像魔法に興味があるからね」

おかげで、怜の乗る馬車で移動することができる。

映像魔法使いトレイシーの邸宅は、王都でも高級区域に存在した。庭付きの大きな家である。

それもそのはずで、トレイシーは売れっ子だった。

王都でも最高峰と呼ばれる劇団へブンズ・ストライクと手を組み、その高度な映像魔法で舞台を演出している。トレイシーが手がける舞台は王都で大人気なのだ。

それほどの人間だが、本人はなぜか世間と没交渉で、そう簡単には会えない人物でもあった。

（ひょっとして、この紹介状ってすごくない⁉）

思わず紬はドギマギしてしまう。と同時に、絵がへたっぴな素人が、すごい画家に教育を頼んでいるようで恐縮感が凄《すさ》まじい。

馬車が屋敷についた。現れた執事に紹介状を見せて話をする。不在なら不在で仕方がないと思っていたが、運よく在宅していた。執事が二人を案内してくれる。

「主人がお待ちですので、こちらへどうぞ」

通された応接間のソファには妙齢の女性が座っていた。

（え、この人がトレイシー？）

てっきりヒルトと同じ男だと思っていた紬は面食らってしまった。年齢は二〇代前半くらい、魔法使いっぽくないオシャレな服装で下はズボンを穿《は》き、長い足を組んでいる。

「お客様をお連れいたしました」

執事の言葉を聞き、トレイシーが、ことん、とティーカップをソーサーに置く。

「うん、ありがとう。もう少しここにいて」

執事にそう言った後、トレイシーの目が紬たちを見た。

「用件は聞いているよ。私の弟子になりたいんだって？」

執事にも紬に対しても変わらない、気楽な口調だった。本人の表情に険しさがないのもあって、爽《さわ》やかな雰囲気を感じさせてくれる。

「はい、そうなんです。映像魔法に興味があって！」

むっちゃいい人かも！　そんな期待を込めて勢いよく紬はうなずいた。

だけど、返事は紬が期待しているものではなかった。

「興味を持ってくれることは嬉《うれ》しいんだけどね、弟子は取らないことにしているんだよ」

言葉ほど申し訳なさそうな感じのしない返事だった。心がないというよりは、トレイシーは万事が万事こんな感じの人物なのだ。一方、紬としても簡単に通る話だとは思っていない。そもそも無体な要求なのだから。ためらわずに食らいついていく。

「あ、あの！　そう言わずに、少しだけ話をさせてください！」

紬の主張を聞いても、トレイシーの爽やかな表情は崩れなかった。

「いいよ。なら少し話そう」

トレイシーは執事を下げた後、紬たちに着席を勧めた。

「で、どんなこと？」

「弟子を取らない理由を教えてもらえませんか？」

「うーん、別にそれほどのことでもないけどね。私は私の好きにしたいんだ。学生時代も言うことを聞かないから、よく教師に怒られたものだよ」

苦笑を浮かべてトレイシーが肩を揺らす。

「私は自分のしたいことにしか興味が持てないんだ。たぶん、他の人よりもずっとね。自分勝手だとは自覚しているけど、これはもう持って生まれたものだから仕方がない。今はその気になれないんだ。ごめんね」

ならば、と紬は考えた。トレイシーがもしも紬に興味を持つことができれば弟子として認めてくれるのかもしれない。

「あの、その……どうして私が映像魔法を覚えたいのか、聞いてもらってもいいですか？」

「それくらいなら。それに、そこは興味がなくもない。映像魔法なんてマイナーなもの、よく学ぼうとしたね？」

「トレイシーさんはどうしてなんですか？」

「私かい？　昔から空想癖があってね。それを形にしてみたかったんだ」

その瞬間、トレイシーが指をパチンと鳴らした。

紬たちの間にあるローテーブルにかわいいリスが現れて走り始めた。

「こんなふうに具現化できたら面白いよね？　他の魔法はすでにある手順に従って決められた結果を出力するだけ。いわば、定められた道をたどるだけの話さ。だけど、映像魔法は違う。術者のこ
こ――」

とんとんとトレイシーは自分の頭を指で叩《たた》いた。

「ここ次第で結果を変えることができる。こんなに面白いことはないと思うんだ」

パチンと再び指を鳴らして、トレイシーがリスを消した。

「さて、私のことはもういいかな。あなたの話を聞かせてくれないかい？」

「わかりました！」

紬は元気よく返事をして腹に力を込める。

（どうにか熱意を伝えないと！）

これはきっと最大のチャンスなのだ。珍しい映像魔法使い、その最高位の人物に教えを乞《こ》うチャンス。頑張らなければ！

「実は、その……私と、そこにいる怜さんは異世界から来まして」

「は？」

想定外の話の切り出し方に、トレイシーが口をぽかんと開けた。

「異世界？」

「そうです、異世界です！　聖女召喚で別の世界から来たんです！」

「疑うわけじゃないんだけどね、本当なのかい……？」

「私が聖女の怜だ。ほら、『ホーリーバリア』」

いきなり怜の手から出た黄金の壁を見て、トレイシーが感心したように小さく笑う。

「へえ？　本物なんだ……聖女って、すごいじゃないか」

「まあ、私は今日の主役ではないので、気にしないで欲しい」

「難しいことを言うね」

怜の存在のおかげで話は信じてもらえそうだが、そのせいで怜が目立ちすぎてしまった。トレイシーの興味をこちらに引き戻さないといけない。

（とにかく、頑張って伝えないと！）

話が切れたタイミングで、紬が話題を戻した。

「私たちが来た世界には、テレビ――じゃなくて、多くの映像作品があるんです。その中には、子供を喜ばせるためのものもあって。私は子供を保育する仕事をしているので、こちらの世界の子供たちにも、それを見せてあげたいんです。そのために映像魔法を使えるようになりたいと思っています！」

「ふぅん、異世界の映像ねえ……」

異世界由来の途方もない話だが――

それゆえにトレイシーの瞳《ひとみ》に好奇の輝きが灯《とも》った。彼女もまた天才ゆえに、己の常識を超えたものを無視することができないのだろう。

「面白そうな話じゃないの？」

「はい、面白いんです！　ぜひ、トレイシーさんに、私の夢のお手伝いをして欲しくて！」

「子供向けのものかあ……どんなの？」

「……そうですね――」

紬は頭の中にある、幼児番組エンサイクロペディアを広げた。幼児を相手にする保育士である以上、子供たちのトレンドを追うことは必須《ひっす》なのだ。

（……うーん、やっぱり、わかりやすいのは――）

日曜の朝にやっている、中学生くらいの少女が変身して悪の組織と戦うアニメだろうか。

「そうですね……一三歳くらいの女の子が、悪者と戦うときに変身するんですよ。戦うためのかわいらしい服に。変身シーンの映像がすごくキラキラしてカッコよくて、素晴らしいんです！」

「ふぅん、どんな感じ？」

乗り気になってきたトレイシーが組んでいた足をほどき、前のめりになる。

「ええと、ですね……」

紬は、変身シーンのバンク映像をじっと思い出し、それを口で描写した。

「くるくるくる、ぴかーん！　きゅいん、きゅいん！　って感じです！」

「……は？」

「ええと……だから、女の子がくるくると回って、衣装の小物が光ってぴかーん、みたいな！」

「さすがにそれだけじゃあ、伝わるものも伝わらないかなあ……」

「うううう……」

確かに今の説明はひどいと紬自身も思った。しかし、頭の中では鮮明に思い出せても、それを口で表現するのは難しい。

「怜さん、説明できる？」

「いや……すまないが、私はその手の番組に興味がないんだ……」

その辺は、見た目の印象を裏切らない怜だった。

トレイシーが肩をすくめた。

「ううん……面白そうな話だけど、このままじゃあ、ここまでの話で終わりそうかな」

「待ってください！　頑張ります！　頑張りますから！」

必死になった紬はもう一度、変身シーンを説明した。トレイシーは口を挟まず、目を閉じて静かに耳を傾けている。

「終わり、です……」

紬は自信なさそうに言って、ちらりとトレイシーに視線を送る。トレイシーの目がゆっくりと開く。そして、口に手を当てて考え事を始めた。

（お願いします！　とにかく興味を持ってください！）

そんな紬にトレイシーが答える。

「……まあ、さっきよりはマシな説明かな。流れはわかった。確かに、この世界にはない感性を感じる。面白そうだ」

「おお！」

「そういう異世界の派手なテイストを学んでみたい気持ちはあるんだ」

「おお！」

「でも、別にあなたが映像魔法を学ぶ必要はないんじゃないかな？」

「へ？」

「あなたの説明通り、私が作ればいいよね？」

それは正論だったが、紬には腑《ふ》に落ちない言葉だった。なぜなら、
他人に作ってもらうのは違うのだ。自分が頑張って作って、見た子供たちに喜んでもらいたい
(私が作りたい)

――そういうことをしてみたいのだが……。

どうやら、トレイシーが興味を持ちすぎたがゆえに、別のルートに入っている。

「じゃあ、ちょっと演出してみようか」

立ち上がったトレイシーが、パンと両手を打ち鳴らす。その瞬間、トレイシーの体がキラキラとした光を放った。同時、効果音もきゅぴんきゅぴん、と鳴る。

(わあああ……！)

美しい光景に紬は見入ってしまった。これが映像魔法なんだ！　こんなことができるなんて！自分もできるようになりたい！　そんな思いが強くなる。

ただ、その感動と――

「どうかな？　悪くないんじゃない？」

そんなことを言うトレイシーに、紬は言いにくそうに言葉を続ける。

「あの、その……私の説明が悪かったと思うんですけど、違う感じです……」

確かに魔法そのものは素晴らしかった。だけど、あのテレビで見た、鮮やかで美しく子供たちを魅了し続けるダイナミックさが伝わってこない。なんだか、安物の電飾を点滅させて、背後でタンバリンを鳴らしているかのようなしょぼさだった。

上手《うま》くないモノマネを見たような感じというか。

怜が口を開く。

「……同意しよう。その、かなり微妙だ」

「え、怜さん、わかるの？」

「私にだって子供時代はあるさ。語れるほど知らないだけだよ」

トレイシーが頭をかいて小首を傾《かし》げた。

「おかしいな……聞いた通りに再現したつもりなんだけどね……？」

「あの、私の説明が悪かったのかもしれません！」

「いやいや、紬は頑張って説明していたと思うよ。そんなにおかしくはない」

怜が少し考えてから続ける。

「……思うんだが、映像魔法は術者の持つイメージが重要なのではないのかね？」

「そうだけど？」

「なるほど。なら、トレイシー。君に作るのは無理ではないか？」

「……うーん、納得できないな。これでも私は映像魔法の腕前に自信があるんだけどね？」

「いや、君の能力うんぬんという問題ではなくてね……異世界の情景が君にはイメージできないんだよ。そうだな……なら、私が言うものを今から映像で作ってみてくれ」

それから、怜は詳細な飛行機の形状を説明した。

（さすがだな、怜さん……）

惚《ほ》れ惚《ぼ》れするほどに、完璧《かんぺき》な映像が紬の頭に浮かぶ。それほどに細やかな説明だった。トレイシーの表情も、紬の説明に比べればずいぶんとスッキリしている。

「よし、それなら作れそうだ」

だが、トレイシーが魔法で描き出した映像は、お世辞にも飛行機とは似ても似つかないものだった。なんとなく似てはいるが、デッサンが崩れているというか、飛行機の持っている工学的なかっこよさはどこにもない。

怜は冷たく言い放った。

「悪いが、別物だ」

「へえ……」

空にぷかぷかと浮いている飛行機もどきの映像をトレイシーが右手で払ってかき消す。飄々《ひょうひょう》としていた、春の風を思わせる表情に小さな悔しさが浮かび上がっていた。

「砂漠でオアシスを発見して、これで喉《のど》が潤せるぞと思って近づいたら蜃気楼《しんきろう》だった――そんな気分かな」

トレイシーの目がじっと紬を見つめる。

「できないことっていうのはね、できるようになりたいものさ。あなたたちの知っている映像が、私には想像できないだなんて悲しい気持ちだよ。それにそれは、どうにも私の映像魔法をより素晴らしいものにしてくれる予感もする。なのに届かない。どうしたものかね、この感情を?」

そこで紬は意を決した。

（ここだ！）

勝負を賭《か》けるのなら、ここしかない。紬はそう決断した。

「だったら、私に映像魔法を教えてください！　私は正解をイメージできますから、私が映像魔法を覚えて、トレイシーさんにお見せします！」

「ああ……うまく話を運んだね」

トレイシーが笑みをこぼす。本当に楽しそうな笑顔を。

「困ったことに、それしかないようだ。そして、今の私はあなたを弟子にしていいと思っている。興味を持ってしまったよ」

「いいんですか⁉」

「うん、あなたを弟子にするよ。だけど、魔法の修業はとても大変なんだ。それは肝に銘じて欲しい。万里の道を一歩ずつ進んでいくようなものだから。覚悟はしてね？」

「ありがとうございます！」

ついに紬は映像魔法使いの弟子になることができた。

（頑張ろう！）

どうにかこうにか、入り口に立つことができた。だけど、あくまでも始まり。本当の苦労と喜びはこれからの話だ。魔法をマスターして、レイチェル、いや、世の中の子供たちに、紬が知る素敵な世界を伝えたい。

これからの日々は、今までとはきっと違うものになるだろう。

どんな日々が続くのだろう、紬にはそれが楽しみで仕方がなかった。

怜と紙おむつを作ろうと話してから、一ヶ月ほど経《た》った頃——

紬はクレイルの執務室に呼び出された。

「忙しいところ悪いね、ツムギ。ところで、もう夏だ。暑いと思わないかい？　実はレイチェルを連れて避暑地に行くことにしたんだよ」

のどかでいいなと紬は思ったが、下っ端の使用人である自分は留守番だと受け取った。

「それは素晴らしいですね。私はどうしたらいいのでしょうか？」

紬の問いに対して、クレイルは首を傾げて、君は何を言っているんだい？　という様子で続けた。

「うん？　当然君も来るんだよ？」

「……はい？」

「レイチェルは、君がいないと嫌だと言ってきかないからね。それに、貴族の旅行に使用人はついてくるものだ。だから、遠慮はしないでいい」

そして、にこやかな笑顔でこう付け加えた。

「……そうそう、今回は旅行だからね、いつものメイド服ではなくて気楽な格好で構わないよ。のんびりとした気分を少しでも味わってもらえると嬉《うれ》しい」

仕事がないときは避暑地でバカンス。なかなかの役得である。

そんなわけで、紬は王都から少し離れた場所にある避暑地にやってきた。クレイル、レイチェルの他、公爵家の係累が何名か。そして、彼らに随行する使用人たち——

（クレイル様、確かに使用人はついてくるものだと言いましたけど！）

明らかに、付き従っている使用人たちは公爵家に長く仕える選《え》りすぐりばかりだった。新参は紬のみ。偉大なる先輩たちに囲まれた紬にとって、緊張しっぱなしの馬車旅行だった。

「ここが泊まる場所だ」

先導するクレイルに従って別荘に入る。さすがに公爵家の所有物だけあって、別荘とはいえかなり大きい。庶民の家とは比べものにならない。使用人たちにも部屋が割り当てられているが、紬は光栄にもレイチェルのご指名で同部屋となった。

レイチェルとともに部屋へと入る。

部屋自体はしばらく使っていなかったが、埃《ほこり》っぽさは一切なかった。住み込みの使用人が定期的に掃除しているためだ。

「わーい」

レイチェルがボスンとベッドに飛び込む。

その隣にあるベッドが紬のものだ。ぱっと見ただけで、さすがは貴族用と思わせる豪勢なベッドだった。

(役得というか、恐れ多いというか……)

根が貧乏性なので、紬はついつい恐縮してしまう。

紬が持ってきた荷物を整理していると、レイチェルが口を開いた。

「今年はね、すごく楽しみだったの！」

「そうなんですか？」

「だって、ツムギがいるんだもん！　絶対に楽しいに決まってるもん！」

レイチェルがキラキラした目で紬を見つめてくる。そんな一〇〇％の信頼をぶつけられると、紬は幸せを感じてしまう。

（はわ、はわわわわわ！　そこまでおっしゃっていただけるなんて！）

子供の世話は大変だが、こんな瞬間があるため、全て忘れてしまう。子供の笑顔には、それだけの力があるのだ。

荷物を片付けた後、紬はレイチェルとともに別荘の外に出た。

どこまでもずーっと緑が広がっているのどかな場所だ。ただ、それは無造作に生えているのではなく、明らかに人の手によって維持された、人工的な美しさが確かにあった。

遠くを眺めると、ぽつりぽつりと、公爵家の別荘によく似た感じの建物が点在している。

背後から声がした。

「ここは王国の貴族たちが利用している避暑地でね、彼らの別荘が多いんだよ。貴族の社交場でもあるんだ」

振り返ると、クレイルが立っている。

紬は口を開いた。

「位の高い人が多いとなると、警備は大丈夫なんでしょうか？」

公爵家からも幾人かの護衛を連れてきているが、多勢が攻めてきた場合は明らかに戦力不足だと紬には思えた。

クレイルは紬の不安を振り払うように、にこりとほほ笑んだ。

「そこは大丈夫だよ。騎士団が駐在しているからね。ここに手を出した野盗は全滅あるのみだ」

ふふふとクレイルが笑う。

「加えて、今は一番安全な時期かもしれない」

「どうしてですか？」

「君のお友達である聖女様も祭儀のためにこちらに来ているんだ。護衛として教会お抱えの聖騎士団もいるから、有事でも安心だね」

そんな大人の会話をしていると、足元から小さなレディが抗議の声を上げた。

「ねえ、クレ兄《にい》！　レイチェルにもわかる話をしてよ！」

「あはは、すまないね、レイチェル。お詫《わ》びに、今度、一緒に『聖なる森』まで散歩するか」

「え、お散歩⁉　楽しそう！」

「もちろんツムギも一緒だよ」

クレイルがレイチェルの見えないところでウインクを飛ばしてきた。話を合わせて欲しい、という合図だろう。

「もちろんです。一緒に行きましょう、レイチェル様」

「わーい！　今すぐ行こう！」

「今すぐはだめだよ、みんな疲れているからね」

翌日は、クレイルが言うところの『今度』ではなかった。なぜなら、お昼に貴族たちとの野外パーティーがあったからだ。

――貴族の社交場でもあるんだ。

そんなクレイルの言葉通り、避暑地に来ていた貴族たちがやってきた。

随行している使用人たちは少ないため、みんな忙しそうに立ち回っている。てっきり紬もお手伝いをするものだと思っていたら、にこやかなクレイルからこう言い渡された。

「君はレイチェル専任だ。寂しがり屋のお嬢様のために頑張ってくれ。執事長もその認識だ」

そんなわけでレイチェルと一緒に過ごすことになった。

三歳くらいの貴族の子供たちにも『社交』はある。

「ごきげんよう、クラリスちゃま」

「ごきげんよう、フランソワーズちゃま」

着飾った小さなレディたちが、スカートの裾《すそ》をつまみ上げて、丁寧――とは言い難いが、それなりに頑張った仕草で挨拶《あいさつ》している。

（……尊い……）

あまりのかわいさに、紬はそんなことを思った。子供は何をしてもかわいいのだ。

貴族の子供たち――と言っても、幼児レベルだと貴族モード時間はまだまだ短い。原始的な本能に基づき、あっという間に『子供』に戻ってしまう。

そうなると、走り回ったり、キャーキャー騒いだりと――

（ああ、前世の保育園と変わらない……）

貴族の子供たちといえども、違いはなかった。

子供たちの遊びを注視するのも大切な仕事だ。彼らはいともたやすく怪我《けが》をするのだから。とはいえ、忙しく働いているわけではないので、食事会で慌ただしく働く同僚たちには少し申し訳ない気持ちもある。

だが、平穏な時間は短くなかった。

「ツムギ！　あそぼ！」

「へ？」

レイチェルに誘われて、紬の強制参加が決まってしまう。

「ツムギはねー、いろいろな遊びを知ってるんだよ！」

ハードルまで上げられてしまう。貴族の子供たちが期待のこもった瞳《ひとみ》を向けてくる。

（レイチェル様に恥をかかせるわけにはいかない！　保育士としての引き出しを見せるとき！）

紬は一緒に遊んで、一緒に踊った。

楽しい時間で少しばかり気分がハイになってきた紬は、もっと盛り上げたろ！　精神が高まってきた。子供たちの笑顔はどこまで輝いていてもいいのだ。

「ひょ～、ひょ～、ひょ～」

紬はそんな奇妙な言葉を発しながら、さらに変わったポーズを作った。足を少しガニ股《また》にして、左右に少し開いた両腕の手首から先を弛緩《しかん》させて、だらりとさせている。そんな様子でヨタヨタと歩き始めた。

突然の奇行に子供たちがすぐに興味を持った。

「何それ！」

「これはね～、ひょうすべっていう妖怪《ようかい》なんだよ～。ひょ～、ひょ～」

「妖怪⁉　ひょうすべ⁉」

子供たちが謎めいた言葉に目を輝かせる。そして、紬の怪しげな動きを見て、大声で笑い出した。

子供の笑いの沸点はとても低い。なぜ、これで笑えるの？　というので笑う。だからこそ、紬にも付け入る隙があるのだ。

「イタズラをする妖精《ようせい》みたいなものかな～。悪い子はお仕置きされちゃうぞ～？」

子供たちが、きゃーきゃーと楽しそうな声を上げながら、紬から逃げ始める。

「ひょうすべはね～、酔っ払いなんだよね～」

そう言って、紬は『酔ったおっさん』の真似《まね》をし始めた。

紬は、恥も衒《てら》いもない子供の頃に妖怪にハマっていたので、その仕草はガチのマジで磨き上げられている。ちなみに、ベースになっている酔っ払いは天国にいるお父さんだ。まさか、愛娘《まなむすめ》に己の酔っ払った姿を異世界で晒《さら》されるなんて！

ことのほかウケた。

「あははは！　お酒飲みすぎたパパだー！」

そんな感じで子供たちも共感して笑いの密度が増していく。

そんな紬の姿を見て、貴族たちが感嘆の声を上げている。

「子供を楽しませるために、あそこまで道化に徹するなんて……！」

「すごい……、あれこそが育児のプロ！」

「酔っ払った私は、あんな感じなのか……」

そんな彼らの声は微妙に耳に届いていたが、紬は気にしなかった。育児ハイなので、もう子供たちが喜べばなんでもいいのだ。この辺になってくると、子供たちも紬の真似をし出して、その特徴的なポーズで、ひょ～ひょ～、と言い出してくる。

彼らとのシンクロ率が高まったタイミングで、紬は『ひょうすべダンス』を決行した。

「ひょうすべ♪　ひょうすべ♪　ひょうすべ♪」

とリズミカルに言いながら、左右にゆらゆらと揺れている。

全くもってアドリブで酷《ひど》いものだが、それでも子供たちは楽しんでいた。

「ひょうすべ♪　ひょうすべ♪　ひょうすべ♪」

と言いながら、紬と一緒にステップを踏んでいる。ただ、笑顔と笑い声がある素敵な空間だった。

そこには子供たちの幸せだけがあって、紬もまた幸せな気分だった。

（やった、やった！　楽しんでくれている！）

もうそれだけで達成感でいっぱいだ。

子供たちは大喜びで楽しい時間を過ごし、あっという間にお開きの時間になった。

「ちゅむぎー、おもちろかったー！」

三歳の貴族幼女が近づいてきて、紬の足に抱きつく。さらに、四歳くらいの男の子もやってきて、

「もっと遊ぼうよー」

と紬の手を引っ張る。他の子供たちも口々に楽しかったよー、もっと遊びたいよーと言いつつ、紬との別れを惜しんだ。

「あははは……また、遊びましょうね」

自分を慕う子供たちに囲まれた幸せを感じつつ、紬はそう言った。

囲みに入り損ねたレイチェルが頬を膨らませて叫んだ。

「もう！　ツムギはレイチェルのなの！」

今日の紬の武勇伝は子供たちや、監督していたメイドたちの口から貴族社会へと流れていき、

――ファインツ公爵家にはとても子供扱いに慣れた敏腕のメイドがいる。

という噂《うわさ》が広まっていく。

その翌日、クレイルは約束通りレイチェルを連れて森の散歩に向かった。もちろん、私服姿の紬も一緒で、他に数人の護衛と使用人を従えている。

鬱蒼《うっそう》——というほどではないが、木々の間を進んでいく。陽《ひ》の光を遮るほどではないのが救いだ。

「レイチェル、うろちょろしていたら迷子になるから離れないように」

「はーい」

「あと、足元が悪いから気をつけて。ツムギの手を握るといい」

「はい！」

元気よく返事をすると、レイチェルが紬の手を握り、にへ～と嬉《うれ》しそうな笑みを浮かべる。

「一緒に歩こ、ツムギ！」

「はい、レイチェル様」

紬としては、後ろを歩く使用人列に並ぼうと思っていたのだが、こんな感じなので、普通にクレイルたちと肩を並べて歩くことになった。

（新参としていいのかなあ……）

とは思うが、ご要望なので仕方がない。

そんな紬の心配など気にすることなく、クレイルが口を開く。

「知ってるかい、ツムギ。ここは『聖なる森』と呼ばれているんだ」

「どうしてそんな名前なんですか？」

「この森で、初代国王は神からの啓示を受けて建国を始めたんだ。そして、初代聖女が覚醒《かくせい》したのもこの地と言われている」

「へえ」

「そんなわけで、この森――というか、この避暑地は貴族にとってとても大事な場所なんだよ」

雑談をかわしながら森を奥へ奥へと進んでいく。

何度か転びそうになるレイチェルを支えつつ、ついに紬たちは目的の場所にたどり着いた。

「わあ……」

美しい風景に紬は思わず感嘆の声を漏らす。

そこには木々に囲まれた、大きな泉があった。泉はとても澄んでいて、周囲にある木々を鏡のように映している。

クレイルが口を開いた。

「ここが聖なる森の中でも、最も重要な場所とされる『祝福の泉』だ」

「素晴らしい場所ですね」

「神の庭――と評されているくらいだからね。神がその力でお造りになられたらしい。さすがに信じられないかい？」

「いえ、信じてもいいですね」

紬は風景に見入った。それが、それほどおかしいとは思えないくらいには心奪われる景色だった。

「ねえねえ、クレ兄！」

「なんだい、レイチェル？」

「あの泉に入って、聖女の力が覚醒したんだよね？」

「そうだよ」

「だったらさ、ツムギも入ってみたら？」

「え――」

それは思いも寄らない話だった。

（……あの泉で、聖女の力が？）

確かに不可解ではあるのだ。怜と紬、二人が聖女召喚によって呼び出されて、聖女の力に開眼したのは怜のみ。

なんのために、紬まで呼び出されたのか？

ひょっとすると、聖女としての力は目覚めていないだけで、紬の中で眠っているのだとしたら？

――この泉で、その力が目覚めることはあるのか？

多くの感情が沸き上がって、紬は即答できなかった。

「いい考えじゃないかな？」

レイチェルの提案に、クレイルが苦笑しつつ答えた。

「でも、ちょっと難しいかな」

「どうして？」

「だって、初代聖女は服を脱いで泉に入ったからね。さすがにそれは――」

「ぶっ」

その言葉を聞いた瞬間、紬は顔を真っ赤にした。その勢いで変な声まで漏れてしまった。

「だ、ダメですね、それは！」

「いいじゃん！　裸くらい！」

「絶対、ダーメーでーすー！　大人の女性は裸を見せないんです！」

紬は顔をパタパタと手であおぐ。

「そういう理由でしたら、ダメですね。それに、私が聖女になったら、もうメイドとしてレイチェル様にお仕えできませんよ？」

「え、それはやだ！」

そんなレイチェルの反応がおかしくて、紬とクレイルは笑った。

（興味がないこともないいんだけど――）

そう思いつつ、紬はその気持ちがそれほど大きくないことを自覚していた。自分が聖女になったところで、あの天才の怜と並べるとは思えないし、今の自分には居場所がある。

（求められる場所で、頑張ればいいいんだ）

紬はそうすることに決めた。

とりあえず、話題を変えるため、紬は気になっていたものに指を向ける。

「あの樹《き》、何かすごいですね」

泉の向こう側に、樹齢何年？　というくらい大きな樹木が立っていた。それだけで目を引く上に、人の頭くらいはありそうな大きな実がポッポッとなっている。

「あの樹も逸話のあるものでね、あの実は『リーリエの実』と呼ばれて、神の力が宿るものだと言われている」

「食べたい！」

「ははは、残念だけど、教会から禁止されているんだよ。だから、誰も食べられる人はいないね」

レイチェルの頭を撫《な》でながら、クレイルが応じた。

「ただ、伝承によると、病気の巨人が食べると病が癒えて、それを見て食べた人間は死んでしまったらしい。本当かどうかは知らないけれど、私は遠慮したいかな」


その夜――

不意に別荘が騒がしくなった。ドタドタと足音が響き、時間帯に遠慮しない大声が響く。いや、それは別荘だけではない。家の外からもだ。

何事かと思って窓から外を眺めると、明かりを持った人たちが走っているのが見えた。

その誰もが、明かりだけではなく、剣を持ち、鎧《よろい》を身にまとっている。

そして、彼らの行先に――

「ひっ！」

思わず、紬は恐怖の声を漏らしてしまう。

その先には、夜の闇に浮かび上がる大きな影があった。それは大きなトカゲの形をしていた。

（……え、まさか……）

ドラゴン、その名前が紬の頭に浮かぶ。ゲームに出てくるポピュラーな――それでいて最強とも呼ばれるモンスター。

「ううん……どうしたの、ツムギ……？」

むにゃむにゃとした様子でレイチェルが目を覚ます。

「騒がしくして申し訳ございません。ただ、何やら異変が――」

そこまで話したところで、ノックすらなくドアが大きな音を立てて開く。

視線を向けると、鎧に身を包んだクレイルが立っていた。左手に剣を持っている。

その顔には、いつもの余裕はない。

「クレイル様！」

「ドラゴンが現れた」

「――!?」

「ただ、安心して欲しい。おそらくは幼体で、充分に対応できる。君とレイチェルは危ないからここに残っていてくれ」

「クレイル様は？」

「私は――」

そう言って、持っていた剣を目の高さまで持ち上げた。

「戦うまでだ。ここが国における重要な地である以上、王国貴族としての務めを果たす必要がある」

「危険ですよ!?」

「ありがとう、ただ引けないときはあるのだ。今日ここで立たなければ、我が公爵家は腰抜けと笑われるだろう」

そして、少し冗談めいた表情をクレイルは作った。

「あまり心配しないでくれ。私はこう見えても、剣の腕には自信があるんだ」

だが、すぐにクレイルは表情を引き締める。

「一応、いつでも逃げられるように服装だけは整えておいてくれ。万が一の場合はレイチェルを頼む」

そう言って、クレイルは背後に控える武装した護衛を連れて姿を消した。

◆

「おお！　ファインツ公爵家のクレイル様だ！」

クレイルの登場により、戦場の空気は沸き立った。

剣に自信がある――クレイルの言葉は事実だった。同じ年代であればトップランクの技量を持つ。

クレイルの目の前には全長五メートルほどのドラゴンがいた。

人間に比べればはるかに大きいが、生まれてから成長し続けるドラゴンにすれば小さい。

そして、その大きさは強さを表す。

（……このサイズであれば、騎士団ならば勝てる！）

それがクレイルの見立てだった。

問題はいかに被害を抑えるかだ。

クレイルたちの抵抗に手を焼いたドラゴンが頭を持ち上げた。すっと息を吸うのが見える。

「危ない！　ブレスがくるぞ！　ドラゴンの前に立つな！　離れろ！」

クレイルは叫びながら、慌てて下がる。

だが、全ての兵士がクレイルのように素早く判断できるわけではない。

逃げ遅れた兵士の一団がいた。

「早く、逃げろ！」

クレイルは叫ぶ。叫ぶしかできない。今、飛び込めば一緒に丸焼きになるからだ。

ようやく危機に気づいた彼らが動き出す。

だが、遅い。

轟《ごう》！

ドラゴンの赤い炎が夜を焼いた。

「くっ――！」

クレイルは奥歯を噛《か》む。幼体とはいえ、強大なドラゴンが相手では犠牲者を出さずには――

しかし、その炎は彼らに到達する寸前、不意に出現した金色の壁に阻まれて弾《はじ》け飛んだ。

「――!?」

まさに奇跡の所業。クレイルは驚きで言葉を失う。続いて、ドラゴンの周囲がまるで昼のように明るくなった。無数の明かりが中空に出現したからだ。

「ドラゴンか。なかなか興味深いものが現れたな。生態を知りたいものだ」

声がした方角を見ると、そこには――

「聖女様！」

それはクレイルの言葉ではなかった。いや、みんなの声だった。兵士たちが次々に声を上げる。

ドラゴンを前にしても表情ひとつ変えない様子で、聖女レイがそこに立っていた。彼女の背後には精強なる聖騎士団が付き従っている。

聖騎士の一人が声を上げた。

「聖女様のご到来である！　臆《おく》することなく戦うのだ！　聖女様の力によって、お前たちが傷つくことは決してないのだから！」

「おおおおおおおおおおお！」

クレイルの到来をはるかに超える勢いで兵士たちの士気が上がる。

人類の希望、聖女が現れた以上、敗北するはずがない！

「……勝ったな」

勝利を確信してクレイルもドラゴンに向かっていく。

無数の兵たちから攻撃を喰《く》らい、ドラゴンの悲鳴が夜空に響き渡った。

◆

その間、紬はベッドに腰掛け、震えるレイチェルの手を両手で包んでいた。

「大丈夫ですよ、レイチェル様」

「うん……うん……大丈夫だよね？　クレ兄、帰ってくるよね？」

「もちろんです」

はっきりと紬は告げた。根拠なんてなかったが、自分がしっかりしていなければレイチェルを怯《おび》えさせるのは明らかだ。

「勝って帰ってきてくれますよ」

そんな話をしていると、紬の耳に何度かドラゴンの咆哮《ほうこう》が聞こえてきた。

その声には――

「……？」

悲しさがあった。それは咆哮の響きから伝わってくるものではない。

――それは君の能力なのかもしれない。子供の感情が読み取れる能力。

怜が評した、子供たちの心の本音が聞こえるときの感覚に似ている。感情が押し寄せてくる、というか。

（これは、ドラゴンが思っていること……？）

可能性はあるかもしれない、と紬は思っていた。クレイルは言っていた。竜の幼体が現れた、と。

幼体――すなわち、子供――怜の仮説の範囲に収まる。

（……人間以外も対象なの……？）

受け入れつつも、紬は面食らったが。

だんだんと伝わってくる感情の色がはっきりとしてきた。まるで、少しずつチューナーが合っていくかのように。

悲しい、辛《つら》い感情の圧が紬の意識にのしかかる。

そんなとき、それは不意にはっきりと聞こえた。

――やめてよ……お母さんの病気を治したいだけなのに……痛いよ、邪魔しないで……。

「――!?」

紬はぞくりと背筋が凍るのを感じた。これがドラゴンの感情だとすれば、何を意味するのだろうか。ドラゴンにはドラゴンなりの理由があるのだろうか。

（……それを知っているのは、私だけ……？）

その事実もまた紬を緊張させる。

知ったことを己の胸の内だけでとどめておいていいのか、紬にはすぐの判断ができなかった。

「ツムギ……？」

急に押し黙った紬を、レイチェルがじっと見つめてくる。

そのときだった。

まるで、天をつんざくかのような大きな咆哮をドラゴンが上げた。そして、それははっきりとした言葉を紬に伝えた。

――助けて！　助けて！　お母さん！　人間に殺されちゃう！　言いつけを守らなかった僕が悪かった！　ごめん、助けて！

その言葉は、間違いなく母竜を呼んでいた。

……もしも、その声に応えた母竜が現れたらどうなるのだろうか？　幼竜よりもはるかに強いだろう母竜をクレイルたちは抑えることができるのだろうか？

（……何か、取り返しがつかないことが起きようとしているのかも……）

あのドラゴンは、ここを荒らしにきたわけではない。

今、クレイルたちの包囲網によって死に瀕《ひん》している。

そして、己よりも強い母を呼び寄せようとしている――

「まずいんじゃ、ないかな……」

紬はボソリとつぶやいた。

さまざまなものが動き始めているが、まだ『戻れない位置』を越えてはいない。

それは幼竜の死だ。

幼竜が死んでしまえば終わりは確定する。最後の最後まで決着をつける以外の方法はない。

幼竜が生きている今ならば、まだ全てを元に戻せる可能性がある。

(そして、それに気づいているのは私だけ――)

黙って思考を続ける紬の耳に、か細い声が届いた。

「ツムギ……」

「――！　は、はい、なんでしょう、レイチェル様!?」

「心配事でもあるの？」

「……そうですね……私にしか、できないことかもしれません」

「ならさ、行ってきたら」

「……え？」

「私なら平気だから！」

レイチェルが笑ってくれた。

いつもわがままなお嬢様だが、今回はそれを全く見せない。

(わかってくれているんだ)

紬に心配事があることをレイチェルは感覚的に気づいたのだろう。だから、こうやって言ってくれた。たまに、こういう勘の鋭い子がいることを紬は知っている。

レイチェルのおかげで、紬は決断できた。クレイルに「頼む」と言われたレイチェルを放り出すことにためらいがあったのだ。

「ありがとうございます。少しだけお暇《いとま》を頂戴《ちょうだい》いたします。私が出た後、執事長に話をしてください」

本来であれば、紬から執事長にレイチェルの保護を頼むのが筋だが、そんなことをすれば外出を禁じられるのは間違いない。よしんば話を聞いてくれたとしても、納得させるまでに貴重な時間を失ってしまう。

間に合うか間に合わないか。ただ急ぐだけだ。

「それでは失礼いたします、レイチェル様」

「あ、待って！」

そこで不安げな表情を浮かべて、レイチェルが続けた。

「帰ってくるよね、ツムギ？　クレ兄も一緒だよね？」

「もちろんです。必ず帰ってきますから」

にこりと笑みを浮かべてから、紬は部屋を出た。

◆

怜が現れてから、戦場の様相は一変した。ドラゴンが強力な爪を振るおうと、炎を吐きかけよう

と、それは全て聖女の放つ防壁によって阻まれた。

己が傷つくことはない――

そう確信した兵士たちは勇ましい動きでドラゴンに襲い掛かる。兵たちの攻撃を受けるたびにドラゴンは悲鳴をあげた。

「さすがだ、さすがは聖女様！」

「進め、俺たちに負けはない！」

勢いづいた兵士たちの動きは止まらない。

戦闘という観点において、怜は歴代の聖女の中でも最高峰だ。

それは聖女としての能力ゆえではない。

戦場の興奮に囚《とら》われない冷静さと、ドラゴンの動きを読み切って的確に先手を打ち続ける分析力のためだ。聖女というよりは、天才軍師のような様子で、淡々と怜は力を行使し、確実にドラゴンを追い詰めていく。

(犠牲者はゼロでいけそうだな)

そんなことを思っていたとき、ドラゴンが一際大きな叫び声を上げた。それは今までと比較にならないもので、空気が震えるような強さだった。

(……なんだ、今のは……？)

今までとは明らかに違う咆哮。

確かに存在する違和感を怜は逃さなかった。だが、それだけだった。それだけの情報では、怜の優秀な頭脳といえども答えにたどり着けない。

結局、怜はそれを深く考えることをやめた。

(残念だが、手がかりが少なすぎる)

わからないことを考えている暇はない。優勢に進めているが、余裕はない。一撃でも喰らえば致命傷なのだ。怜が集中力を欠くわけにはいかない。

再び怜は戦闘に意識を集中させて――

確実に、戦いを終局へと誘《いざな》った。

「グ、ゴ……オオオオ……」

頑強だったドラゴンの巨体が力を失った。ぐらりと揺れて、大きな音を立てて崩れ落ちる。ぐたりと首が地面に落ちた。

そこへ、剣を持ったクレイルが雄叫《おたけ》びを上げながら走り込む。

あとは眉間《みけん》に剣を突き刺して終わり。

誰もがそう思ったときだった。

「待って！　待ってください！　そのドラゴンを殺さないでください！」

意表をついた言葉に、全員の動きが止まる。

聞き覚えのある声だった。

怜は声がした方角へと目をやる。そこには木に手を置き、はあはあ、と荒い息を吐く女性が立っていた。

「紬、どうして――」

滅多に驚かない怜の顔に困惑が浮かぶ。

◆

「待って！　待ってください！　そのドラゴンを殺さないでください！」

間に合って！　その想《おも》いのままに紬は叫ぶ。その願いは届き、間一髪でとどめの一撃を回避することができた。だが、その代償は、全員からの猜疑《さいぎ》の目だ。

「何を言っている、ツムギ？」

今まさにドラゴンを仕留めようとしていたクレイルが問う。その目には、いつものような優しさはない。怒りにも似た感情が渦巻いている。

「そもそもなぜ、ここにいる⁉　レイチェルはどうした⁉」

「その点については申し訳ございません！　レイチェル様は執事長に見てもらっております！　ですが、どうしても見過ごせない事情がありまして、ここに来ております！」

紬は譲らなかった。本来であれば小市民根性の紬が雇い主の貴族に言い返すなどありえない。だが、今回のこれだけは違った。

ここで言わなければ、絶対に後悔する。

ここでひるめば、全て終わってしまう。

クレイルや怜をバッドエンドから救いたいという気持ちだけではない。

そこにいる幼いドラゴンも救いたかった。

このドラゴンに人間を痛めつける意志はない。戦っていたのは己を防衛するためだ。

ドラゴンが抱く健気《けなげ》な願いを、紬は伝える必要がある。

そして、全てを破滅から救うのだ。

それができるのは、ドラゴンの気持ちを理解できる紬しかいない。

「そのドラゴンは危険な生き物ではありません！　その子は母親の病気を治すための薬を探しにきたんです！」

紬の言葉に、兵士たちがざわつく。

クレイルが口を開いた。

「気でも触れたか！　なぜお前にそれがわかる⁉」

「それは――」

そこで初めて紬は言《い》い淀《よど》んだ。

子供の心がわかるから。そう言うのは簡単だ。別に秘密でもない。

だが、言ったところで信じてもらえるだろうか？　根拠がないと一蹴《いっしゅう》されるのがオチだろう。

そのときだった。

「グル、ォオ……」

ドラゴンが力無い声を発した。

慌ててクレイルが距離をおき、剣を構える。

「待ってください！」

紬は――紬だけはドラゴンの意図を理解していた。

彼は紬に話しかけたのだ。

『どうして、僕のことを知ってるの？』

紬は意を決してドラゴンへと近づいていく。クレイルの「動くんじゃない、ツムギ！」という制止も無視して。

兵士たちが紬に駆け寄ろうとするが――

「彼女の邪魔をするな」

凛《りん》とした声が場を圧した。一瞬にして兵士たちの動きが止まる。

（ありがとう、怜さん）

自分を信じてくれた友人に紬は感謝する。

倒れたドラゴンの近くまで紬はやってきた。

「あなたはお母さんの病気を治すために来たんでしょう？」

そう話しかけると、ドラゴンは小さな声を発した。

『そうだよ』

「その薬があればいいの？」

『うん、欲しいのは薬だけだよ。本当はそっと帰ろうと思ったんだ……』

「その薬はなんて名前なの？　どこにあるの？」

『リーリエの実。ここの泉にある』

「リーリエの実――」

その名前は記憶にある。今日、クレイルたちと散策に行った聖なる森の奥にある泉で聞いた名前だ。つまり、それを渡せば、この幼竜は帰る。

紬は振り返って大声を出した。

「すみません！　リーリエの実をこの子に持たせてください！　そうすれば帰ってくれます！」

「な、リーリエの実だと……」

聖騎士の一人が困惑した声を出す。彼が言い返すよりも早く、異変が起こった。

夜の闇が、暗さを増したのだ。

「――え？」

急激な変化に誰かが、あるいは誰もが声を漏らす。怜の生み出した無数の明かりがなければ、完全な漆黒の闇夜と化していただろう。

全員が空を見上げた。

そして、そこに見た異形をすぐには理解できず、理解できたと同時に恐怖の悲鳴をあげる。

そこには巨大な竜がいた。

全長五〇メートルを超える竜が。

その竜の声は全員に届いた。なぜなら、その古《いにしえ》の竜は念話によって人々に意思を伝えることができるから。

『貴様らか、我が愛《いと》し子を殺してくれたのは。貴様らとこの地の全てを灰塵《かいじん》に帰さしめ、死にゆく我が身の、冥土《めいど》への土産としてやろう』

その声は、炎のように燃え上がる激情そのものだった。

夜空に現れた巨大な竜。

それを見上げて、クレイルが絶望の声を漏らした。

「……あんなものに、勝てるはずがない……」

それがクレイルの遺言になるはずだった。

なぜなら宣戦布告の直後、竜が間髪をいれずに世界を焼き尽くすかのような炎を吐き出したからだ。

その炎はあっという間に放射状に広がり、周辺一帯を呑み込むほどの広がりを見せる。

――空が昼よりも明るくなった。

逃げる場所はない。

誰もが死を覚悟したとき、その声は響いた。

「全てを遮れ『ホーリーバリア』」

直後、まるで炎を受け止めるかのように、広大な黄金のサークルが夜空に出現する。

炎とサークルが激突。空気を震わせるかのような轟音《ごうおん》が響く。怜の生み出したホーリーバリアは見事に竜の豪炎を防いだ。

「おおおおおおおおおおおおお!」

兵士たちが歓声を上げる。

「すげえ、あんなに大きな竜なのに無力化するなんて!」

「……残念だが、少し荷が重いようだ」

結界を展開する怜の表情は厳しい。

「あまり長くはもたない」

ドラゴンの火炎放射は止まらない。我慢比べの結果を、冷静な怜はすでに見切っていた。

「……私が抑えている間に、逃げるんだ！」

「逃げるって、どこへだよ……」

誰かが絶望の声を口にした。それはみんなの代弁でもあった。

怒りに燃えたドラゴンが吐き出す炎は超広範囲に広がっている。人間の足で走ったところで、それはまるで雨雲の外を目指すようなものだ。

かなりの勢いで力を消耗しているのだろう、荒い息をこぼしながら怜が視線を向けた。

その先には紬が立っている。

「紬、君なら……未来をつかめるか？」

「もちろん！」

紬はうなずいた。そのためにここまで来たのだから。この絶望を希望に変えるために、彼女はここに来たのだから。

幼竜がつぶやく。

『ごめん……僕が早合点してお母さんを呼んでしまったから……。僕はまだ死んでいないのに……』

「あなたの無事を伝えることはできないの？」

『……助けを呼べたのは、ドラゴンの特殊な叫びを使ったからなんだ。説得するなら近寄らないと無理かな』

幼竜がよろよろとした足取りで立ち上がる。

『僕が説得してみる。助けてくれて、ありがとう……』

あれだけ痛い目に遭いながらも、幼竜は人間のために動こうとしてくれている。紬が幼竜に見せたささやかな優しさに感謝して。

(でも、それじゃあ、釣り合わない)

彼が見せようとしてくれる誠意に、こちらも応える必要があると紬は思った。

「待って」

幼竜にそう言うと、もう一度、紬は繰り返した。

「リーリエの実をください！　リーリエの実さえあれば、この子も親も帰ってくれます！」

「ならん！」

一喝したのは聖騎士だ。

「あれは教会から固く持ち出しを禁じられているもの！　許可を出すことなどできない！」

「はははははは」

冷笑を飛ばしたのは紬ではなかった。

「素晴らしき忠義だな。私が力尽きれば己も炎に焼き尽くされるというのに。たかだか木の実を己の命よりも高いとするか。さて、では、ここにいる聖女の命よりも高いのかね？」

怜の皮肉な物言いに聖騎士がたじろいだ。

「そ、それは――」

「かまわない、教会とは後で私が話をつける。聖女の名によって承認しよう。紬、リーリエの実を持っていけ！」

「ありがとう、怜さん！」

「その代わり、君も竜とともに行ってくれ。こちらの代表としてな」

状況を説明した紬は竜の背に乗せてもらった。大きな体のドラゴンだけあって鱗《うろこ》も大きい。いい感じに出っ張った鱗を両手でつかんで、紬はバランスを取る。

『いくよ！』

「わっ⁉」

幼竜が走り出した。負傷のせいで揺れは激しいが、意外に速い。森を駆け抜けて、あっという間に祝福の泉までやってきた。

「あそこだよ！」

紬が言うと、幼竜はふわりと飛び上がり、空いた手でリーリエの実をもぎ取った。

『よかった。ありがとう！』

満足そうな手つきで幼竜がリーリエの実を撫《な》でる。

『よし、じゃあ、次はお母さんのところだ。しっかりつかまっておいてね』

「うえええええええええええええええ⁉」

次の瞬間、思わず紬は叫んだ。いきなり幼竜が真上に飛んだからだ。上空にいる母竜のもとへ帰るのだから、当然といえば当然なのだが。

振り落とされないように——というか、単純に落ちないために、紬は歯を食いしばってドラゴンにしがみついた。

（死んじゃう！　死んじゃうよ⁉）

そして、それ以上に恐ろしいものが眼前に広がっていた。

あっという間に怜の結界と母竜のブレスがせめぎ合っている場所だ。炎の天井がみるみる近づいてくる。

（えええええええ⁉　私、焼け死んじゃうよ⁉）

紬が焦っているうちに幼竜が怜の結界を突破した。

同時、幼竜が炎のブレスを吐く。

それは母竜のブレスと相殺、細く狭い炎に包まれた回廊を作り出す。

そして、赤い炎の海をくぐり抜けて――

闇が広がった。

星空を遮り、母竜の巨体が浮かんでいる。

幼竜は力を使い果たしたのか、よろよろとした動きでゆっくりと上がっていく。

そして、怒りのままに炎を吐く母親の前にたどり着いた。

『お母さん、僕は大丈夫だよ！　もうやめて！』

母竜の巨体がびくりと震えると、炎の奔流が止まった。

母竜の巨大な顔がこちらを向く。

『お前、生きていたのか……？』

口を動かさずに母竜の声が響いた。念話なのだろう。

『うん、僕に乗っているお姉さんが助けてくれたんだ。ほら、リーリエの実ももらったよ。帰ろう』

母竜はしばしの沈黙の後、こう告げた。

『お前を痛めつけた罰は与えなければならない』

「待ってください！」

紬は慌てて割って入った。

すっと立ち上がって、幼竜の背中に立つ。

「確かに私たちは行き過ぎた対処を行いました。無害な御子息を傷つけた罪は重いと思います。私に子はおりませんが、子を監督する仕事をしております。もしその子たちが何者かに傷つけられたとすれば、私もまた怒りを禁じえません」

打算は何もなかった。話術を使うつもりもなかった。

もともと、紬はそういう人間ではない。

ただ、ありのままを。

心に浮かぶ感情を、相手に対する気持ちを口にする。

「だから、それが決して許されない怒りだとも感じております。それでも、許しをお願いしたいのです。我々は失敗しましたが、取り返しようのない悲劇だけは回避できたと思っています。我々にやり直す機会を与えてもらえないでしょうか」

そう言って、紬は深々と頭を下げた。

『お母さん。この人は本当にいい人なんだよ！　殺さないで！』

幼竜が懇願する。

長い沈黙の後、母竜は厳かに言った。

『……いいだろう。今回だけは許すとしよう』

「ありがとうございます……！」

『この子を助けてくれたことには感謝する。いつか、礼をさせてもらおう。それまではさらばだ』

直後、ふぅっと母竜が息を吐いた。

その突風に押し出されて、紬は幼竜の背中から落ちた。

「へ？」

その後、紬の喉《のど》から絶叫が続いた。

「へえええええええええええええええええええ⁉」

『案ずるな、落下速度は制御している』

瞬間、ぽわんと紬はシャボン玉のようなものに包まれ、ふわふわと落ちていった。

『それではまた会おう、変わった人間よ』

母竜の巨体が動く。

慌てて幼竜が口を開いた。

『ねえねえ、僕の名前はリオン！　名前を教えて！』

「私はね、紬って言うんだよ！　つーむーぎ！」

『ツムギだね！　今日はありがとう！　また会おうね！』

「うん、またね！」

両手を振りながら、紬は去っていく母子《おやこ》のドラゴンの後ろ姿を見送った。

◆

ドラゴンの巨体が遠くへ飛び去るのを見て、地上は歓《よろこ》びに包まれた。

「やった！　やった！　助かったぞ！」

「おおおおお！」

そんな声の中、怜は静かに夜空を見上げた。

紬がやり遂げたのだろう。

いや、やり遂げたに違いない。

怜は信じていた。間違いなく、紬なら成功するだろうと。

初めて会ったとき、怜は紬に言った。

――何かに優れた人間は、存外に何かが欠けているものなのだよ。

怜にはなくて、紬にはあるもの。そう怜が思うもの。

それが、きっとドラゴンの親子に通じたのだろう。

「君はね、君が思うよりも優秀で――素晴らしいものを持っているんだよ。ありがとう、紬」

そんなことをつぶやきながら、

（はて、竜の親子は飛び去ってしまったけど、どうやって紬は帰ってくるんだろう？）

と冷静な怜は内心で首を傾げた。

◆

避暑地から戻ってきて三週間後――

クレイルは紬を自分の執務室に呼び出した。

「実はね、私の姉が二歳の子供を連れて当家にしばらく滞在することになったんだ」

「はい」

「その子の世話を君に頼みたいんだけど、大丈夫かな？」

「もちろんです。お任せください」

紬はにこりとほほ笑み、前向きな返事をした。

クレイルはそんな紬に眩《まぶ》しさを覚える。

（この人はいつもそうだな）

楽しそうに仕事をしながら、人の喜びに尽くしてくれている。

そんな善良な人間が貴重なことをクレイルは知っていた。

話としては終わったが――

クレイルには切り出すべきことがあった。

「ところで、避暑地でのことだが……」

「はい？」

「すまなかった」

そう言って、クレイルは頭を下げた。

デスクの向こう側にいる紬が露骨に狼狽《ろうばい》する。

「え、え、え……どうしたんですか⁉」

「君のことを疑って、厳しい言葉を投げかけてしまったからね。君がいなければ、私たちは全滅していただろう。私の浅慮《せんりよ》に謝罪を、君の行動に感謝を――ありがとう」

ずっとクレイルが伝えたかった言葉だった。

あの日から、胸に棘《とげ》のように刺さっていたのだ。本来であればもう少し早く処理したかったのだが、事件が事件だけに対応に追われて、この日までずるずると来てしまった。

「い、いえ……その、当然のことをしたまでですし……クレイル様の反応も当然だったと思います」

照れているせいか、しどろもどろになりながら紬が応じる。

「だから、お気になさらないでください」

「そう言ってもらえると助かる。これからも私を見捨てず、よく仕えてくれると嬉《うれ》しい。……話はここまでだ」

「失礼いたします」

そう言って、紬は執務室を辞した。

一人になった部屋で、クレイルは紬が出ていったドアをじっと見つめた。

「ふぅ」

ため息をつくと同時、自分の感情が少し揺らめいたことをクレイルは自覚する。

――謝罪を先延ばしにした理由は、忙しさのためだけではない。

むしろ、それは口実に過ぎなかった。現に謝罪は一瞬ですんだのだから。

本当の理由は、別のところにある。

あの日、上位者であるクレイルの問い詰めや周囲の疑心にも臆《おく》することなく己の意見を堂々と述べ、解決へと導いた。

そんな紬の様子に、クレイルは関心を持ってしまった。

異性としての関心を。

（……これはきっと、気の迷いだろう。危機的状況のせいで気が昂《たかぶ》っているせいだ）

そう思い、クレイルは今日まで冷却期間を置いた。

そして、紬と会い――

己の素直な感情を理解した。

「やれやれ、困ったものだな……」

苦笑まじりに、クレイルがつぶやく。

公爵家の嫡男にして美男子、聡明《そうめい》にして剣の腕も高い。持てる限りのものを持ったクレイルはモテる人でもあった。多くの女性から好意を向けられたが、逆に自分から興味を持てる女性には今まで出会ったことがなかった。

どうやら、その初めてが起こってしまったようだ。

「さて、どうしたものか……」

メイドだから好きに手を出してもいい――そういう考えをクレイルは持っていない。立場が上の人間は行動を律するべきと考える。

（そもそも、ツムギは立場が下なのだろうか？）

聖女である怜の立場は明確にクレイルより上だ。であれば、聖女候補だった紬はどうなのだろうか？

「ううむ……」

相手が異世界人だけあって、実に考えることが多かった。

（まさか、この私が今さら一〇代の悩みを持つなんてなあ……）

そんなことを考えつつ、クレイルは今後のことに思いを馳《は》せた。

◆

その数日後、怜が紬を訪ねてきた。

ちなみに、今日は山盛りスイーツではなく、紅茶とクッキーだけが提供されている。約束通り、怜がクレイルに気遣い不要と伝えておいたからだ。

「遠慮なんていらないのに……むしろ用意させて欲しいくらいの気持ちなんだけどねえ……」

そんなことを言いつつ、クレイルはしょんぼりしていた。それでも高級と絶対に付くだろう、おいしい紅茶とクッキーを出してくるのが公爵家クオリティーだ。実に恐れ多い。

テーブルに向かい合って座るなり、怜がこんなことを切り出した。

「やあ、これはこれは噂に名高い救国の英雄。また会えて嬉しいよ」

「ななな、何を言っているの、怜さん!?」

「怒り猛《たけ》る巨竜に立ち向かい、言葉だけで退けたのだから、そう讃《たた》えられても不思議ではないだろう？」

「冗談はやめてよ」

「うん？　冗談ではないぞ。王宮だと君のことで持ちきりだよ」

「えええええええええええええ!?」

「王族からも面会要請が出たらしい」

「お、おうぞく……!?」

「もう少し時間が欲しい、とクレイル氏は断ったらしいけどね」

「グッジョブです、クレイル様！」

「だけど、時間が欲しいは中止を意味しない。いずれは会うんだろう、王族と」

「マ、マジですか……」

「君のことを竜の巫女《みこ》なんて讃える人もいる」

「うう、うううううう！」

紬は頭を抱えた。

なんだか自分が知らないところで勝手に話題が爆発している！

「あと、貴族の婦人やメイドたちの間でも、君の噂は広まっている」

「……え、どうして？」

「君、避暑地で貴族の子供の相手をしただろう？　子供たちが君のことを大好きだと言っているのだよ」

「ほう」

「そのときの子供さばきが伝説的手並みだったと語り継がれていて、ぜひ極意を伝授してもらいたい！　となっている」

「ぐがぼばー」

「君は渦中の人なんだよ、紬」

「ふふふ、ははははは……」

なんてことになってしまったんだ！　と紬は頭を抱えた。他者が持つ自分のイメージが勝手に膨らんでいることに頭痛を覚える。いやいや、私はホントーに平凡ですから！　と強く主張したい。

「……人の噂も七五日論を信じることにするよ、怜さん……」

「さて、どうなんだろうね」

苦笑しつつ応じて、怜は持ってきたカバンを開いた。

「そんな君に、いいものをあげよう」

怜がテーブルの上に置いたのは――

「あ、紙おむつ！」

思わず紬は興奮した声をあげてしまう。それは少し前、怜に制作を頼んでいたものだ。

「触っていい？」

「もちろんだとも」

紬は紙おむつを手に取った。手触りが懐かしい。もちろん、日本のおむつメーカーが技術の粋を凝らした世界最高品質のものに比べれば質感は遠く及ばないが、それは確かに紙おむつだった。

「おおおおおおお！」

ここにはなかった、現代社会のもの。

それが手に入ったことに紬は小さな満足感を覚える。

「すごいよ、怜さん！」

「その言葉はまだ早いかな。おむつを広げてくれないか？」

怜は水筒を取り出して、おむつに水を垂らした。

こぼれる――ことなく、おむつは水を吸水し続けた。

「わあああ！　水を吸ってる！」

「ふふふふ。吸水シートも完備だ」

「どうやって作ったの？」

「話していた通り、モンスターの素材だ。ウォータースライムの吸水性が高いことがわかってね。それを無力化してから、薄く伸ばして貼り付けたのだ」

「おおおおお……すごい！」

「こっちの世界にはこっちの世界なりのやり方があるのだよ」

満足げな様子で怜が、うむうむ、とうなずく。それから、怜は束になった一〇〇枚の紙おむつをテーブルに置いた。

「これは試作品だ。……そうだな、開発に協力してくれたヒルトの奥さんにでも献上するか」

「いいアイディアだと思う！」

紬は、なんだか日常の速度がグッと上がったような錯覚を覚えた。

まさか、こんな感じで世界が便利になるなんて！

きっとこれは始まりで、怜はもっと多くのものを生み出すだろう。そして、こちらの世界を変えていく。今日はその一歩でしかないのだ。

「他にもいろいろ作るんだよね？」

「もちろんだとも。期待していてくれ」

ああ、すごく楽しみだ！　紬はわくわくする気持ちを自覚する。いったい、どんな未来が広がっているのだろうか。

それはこちらの世界の人たちの生活も豊かにするに違いない。

だが、そこで怜がため息をこぼした。

「ただ、どうにも私は生活感がなくてね。趣味に走ったどうでもいいものばかり作りたくなってしまう。こう、何か一般人が喜びそうなアイディアはないかね？」

「うーん……そうね……」

少し考えてから、紬はこう言った。

「抱《だ》っこ紐《ひも》なんてどう？　子供を運ぶのに便利なやつ」

抱っこ紐とは、子供を胸の前で固定できるものだ。うっかり子供を落とす心配もなく、両手が空くので利便性も高い。

きっと、あれがあれば世の親たちの作業効率を上げてくれるだろう。

「仕組みはとても簡単なんだけどさ、子供を押さえるものだから、安全性がとても大事なんだよね」

どの抱っこ紐も、その点をセールストークで強調していたことを紬は思い出す。だからこそ、絶対に間違えない天才科学者に腕を振るって欲しいのだ。

怜が笑みを浮かべる。

「面白い。やってみよう」

第四章　進撃の紙おむつ

紬《つむぎ》は怜《れい》とともに馬車に乗って炎を操る魔法使いヒルトの家に向かった。

「ヒルトの担当作業はすでに終わっていてね、完成を見届ける前にプロジェクトを離れたんだよ」

そう言いつつ、怜が横に置いてある紙おむつの束に手をポンと置く。

「あれだけ奥さんも前のめりだったんだ。報酬として渡すのが筋だろう」

――それ、最高！　絶対、必要よ！　作って！　早く！

紙おむつの構想を知ったヒルトの奥さんは、ちょっと怖い、いや、明らかに怖い輝きを瞳《ひとみ》にたたえてヒルトを説き伏せていた。そんな育児戦線で鍛え抜かれたソルジャーである彼女にとって、これは素晴らしい支援物資となるだろう。

「これくらいあれば、一日二枚として二ヶ月は持つだろう」

「あの、怜さん。まだ生まれて間もない子だし、最低でも一日八枚は使うと考えたほうが……」

「え」

中学生レベルの方程式をうっかり解き間違えたことに気づいたかのような顔をする怜に、紬は続ける。

「だって、赤ちゃんはトイレに行けないし、一日中ずっと同じのをつけっぱなしじゃないから……」

「言われてみれば、そうだな」

怜があごに手を当てて考える。

「原価を考えると、なかなかの金額だが……試供品と考えるか。量産化前のトライアルとフィードバックは重要だ」

「あの、このおむつの原価って、いくらくらいなの？」

作製する前、かなりのお金がかかるという話をしていたが――

「こちらの国の人の、一日の食費くらいだろうか」

「おおおお……」

日本の感覚で計算すると二〇〇〇円～三〇〇〇円くらいだろうか。紬の知る限り、おむつ一枚の値段は二〇円～三〇円くらいだったと思うのだが。

一〇〇倍！

「す、すごいね……」

「今はプロトタイプだから仕方がない。当面は私の権限で教会と王国に立て替えてもらうので、あまり気にしないでいい。聖女なんて役回りを押し付けてきたんだ、それくらいはしてもらわないとな、ふふふ」

「ふふふ、って笑う表情が怖いよ、怜さん⁉」

そんなこんなでヒルトの家に馬車がたどり着く。

ヒルトが出迎えてくれた。

「お、どうしたんだ？」

「君の奥方にプレゼントを持ってこようと思ってね――できたよ」

紬が両手で抱えている紙おむつの束にヒルトの視線が向く。

「おお、マジか！　ありがたいぜ！　持ってきてくれるとは思っていなかったから、もらいに行くつもりだったんだよ！」

「そうなのか？」

「嫁がね……早く紙おむつが欲しい、紙おむつが欲しい、あなた、どうしてもらってこなかったのって、ずっと圧をかけてくるんだよ……。今は俺が布おむつの洗濯当番になっているよ……」

ヒルトが達観した目で空を見上げた。辛《つら》い。

「これで君の家に平穏が訪れるといいな――お邪魔するよ」

ヒルトの後についていき、リビングへと入っていく。

そこには、ほんぎゃー、ほんぎゃーと今日も泣いている赤ちゃんとヒルトの奥さんがいた。奥さんの疲れた目がヒルトを見て、怜を見て、その奥にいる紬を見て、喜びに変わる。それはもう、地獄の底でお釈迦《しゃか》さまに出会ったかのような変化だった。

「ツ、ツムギさん！」

「お久しぶりです～」

にこにこと紬は応じる。ヒルト不在時、ともに新生児という難敵を相手に育児の共同戦線を張った仲だ。そこには血よりも濃い鋼の絆《きずな》があった。

紬は抱えていた紙おむつの束をリビングに置いた。

「これ、紙おむつです！」

「ええ、本当!?」

ヒルトの奥さんがテンション爆上げの声を発す。どれだけ待ち侘《まわ》びていたのかよくわかる。

「嬉《うれ》しい〜。でも、ちょっと、まずはこの子を落ち着かせないと……」

「私が預かりましょうか？」

「本当⁉　助かる！」

紬が赤ちゃんを抱いている間に、ヒルトの奥さんが紙おむつに目を向けた。

「へえ……すごいね。本当に紙っぽいけど、漏れたりしないの？」

「大丈夫です！　せっかくなので、使ってみましょうか？　この子、おむつが気持ち悪くて泣いているみたいなので」

「そうなの⁉　替えたばかりだったから盲点だった……本当、ツムギさんって子供のことがすぐわかるのね？」

「あはは、ありがとうございます」

心を読めるのだから当然である。

それから、ヒルトにおむつのつけ方を実演した。日本だと、これくらいの赤ちゃんには両サイドをテープで止める『テープ型』が主流なのだが、怜が作ってくれたものは前後一体型の『パンツ型』だ。あまり贅沢《ぜいたく》はいえないし、別に使えなくもないので問題はない。

「こうやって、穿《は》かせるんですよ」

「おお！」

パンツ型のおむつを穿いた赤ちゃんがそこにいた。

「いらなくなったら、脱がして捨てるだけでいいの？」

「はい、捨てるだけです。ただ……」

紬はおむつの両サイドを指でさした。

「脱がす必要はなくて、ここを破いてください。両手の指でつまんで左右に引っ張ると破れます」

おむつの肌ざわりが気持ちいいのか、赤ちゃんがすやすやと眠りについた。

一段落したので、紬はヒルトの奥さんから育児の悩み相談を受けた。怜はヒルトと会話し、今後おむつを量産するならどう進めるのか、という話を始めている。

あっという間に時間が過ぎ——

「あー！　あー！　あー！」

すやすやと眠っていたはずの赤ちゃんの泣き声が終わりを告げた。

もちろん、紬には泣いている理由がわかっている。

「うんちが出ちゃったみたいですね」

「あら、そうなの⁉」

ヒルトの奥さんが赤ちゃんのお尻《しり》に手を当てて、それを鼻に近づける。

「あ、ホントだ！」

「ちょうどいいので、紙おむつを捨ててみましょう」

「わかった！」

ヒルトの奥さんが慣れない手つきで紙おむつを引きちぎる。そこからはいつもの通り、慣れた手つきで処理していく。赤ちゃんは新しいおむつをつけてご機嫌になり、あとには破れたおむつとその上に載っているティッシュペーパーが残された。

その作業を眺めながら、紬はふと思った。

（そっか……そうね、お尻拭《ふ》きもないんだね……）

赤ちゃんのお尻を優しく拭けるウェットティッシュだ。しかし、名前で誤解されがちだが、実は万能アイテムでもある。ぜひ存在するべきだと紬は思った。

茶色いものが載っているおむつに目を向けてヒルトの奥さんが問う。

「これ、あとは捨てるだけでいいの？」

「捨てるだけでいいですよ。ただ、臭いがしますので、紙袋か何かで包んでのほうがいいでしょう」

ヒルトの奥さんが余っていた紙袋にそれを突っ込んで閉じると、臭いはあっという間に消えた。

「で、これをポイッと」

紙袋ごとゴミ箱に入れて、全工程が終わった。

「うわああああああああああああ！　すごい！　すごいよ、ツムギさん！　捨てて終わりだなんて！」

ヒルトの奥さんは本当に嬉しそうだった。

紬もまた養育施設で体験したが、布おむつの処理と洗濯は実に面倒だった。あの手間がカットできるのは、確かに育児における革命かもしれない。

「いやあ……私は何も。こっちにいる怜さんのおかげですよ」

「作ったのは私だけどね、君がいないとできていないものだ。胸を張ってもいいよ、紬」

「褒めてくれますねえ、怜さん？」

「本当のことさ。私だったら、そうだな……初手で大型ハドロン衝突型加速器を作ろうとしたかな」

「頭がよすぎるよ、怜さん!?」

そもそも、紬には大型ハドロン衝突型加速器がなんなのかわからない。だが少なくとも、すごいものだというのはわかる。文字数が多いから。

「でもですね、ヒルトさんも褒めてあげてください。頑張ってくれたので！」

「え、俺？」

いきなり話の輪に入れられて動揺するヒルトに、怜が頷《うなず》いた。

「そうだな、ヒルトの炎魔法がなければ成功はできなかった。さすがは王都でも名高い使い手だ。君の夫はなかなかのものだぞ」

「お、おう……まさか、俺が褒められるとはな……」

ヒルトが照れた様子で視線をキョロキョロさせる。

「まあ、やってよかったよ。うん。お前が、それで楽になるのなら、悪くはないかな！」

そんなヒルトに、奥さんがにこやかな笑みを向ける。

「頑張ってくれてありがとう、あなた」


翌日、紬が部屋でレイチェルの相手をしていると、執事長が訪ねてきた。

「クレイル様がお呼びだ。レイチェル様と一緒に向かいなさい」

そう言われて、クレイルの執務室を訪れると、

「紬です。レイチェル様もお連れいたしました――」

クレイルの他に見知らぬ女性が立っていた。

歳《とし》の頃はクレイルより少し上だろうか。まとっている上質な服は間違いなく貴族のもので、クレ

イルと同じ金髪碧眼《へきがん》を有する優しげな雰囲気の女性だ。

ぽかんとする紬に、その女性がにこやかな笑みを向ける。

「あなたが噂のツムギさんね。初めまして。私はクレイルの姉のフェリシアよ。こっちが娘のヘレナ」

フェリシアの横には、フェリシアの半分くらいの背丈の小さな女の子が立っていた。口をつぐんで紬たちを見つめている。その顔立ちは確かにフェリシアに似ていた。

噂《うわさ》の、という単語が気になって仕方がない、むしろ、嫌な予感すら覚えてしまうが、それは表情に出さないまま、紬は深々と頭を下げた。

「こちらこそ初めまして、フェリシア様。レイチェル様付きのメイドの紬です。クレイル様にはいつもお世話になっております」

「わあ、大きくなったね、ヘレナちゃん！」

レイチェルがヘレナに近づき、ぎゅっと抱きしめる。ヘレナはまだうまく喋《しゃべ》れないので、うっ、うっ、と笑顔で反応している。

「ツムギ、こちらに来てくれ」

その後、クレイルが話を続けた。

「前に話した通りだ。姉が滞在している間、育児の手伝いをして欲しい。頼めるか？」

「もちろんです、クレイル様！」

紬に否やはない。むしろ、新しい仕事に燃える気持ちすらある。

（……うーん、だけど……紙おむつが切れているのは残念だなあ……）

昨日、ヒルトの家に在庫分は全て持っていってしまったのだ。もちろん、怜に頼めばすぐに手配してくれるのだが、聖女という階級だけあって気軽に会いにいけるものでもない。

（またこっちに来たときでいいか）

紙おむつ無双ができないのは残念だが。

「ツムギさん、すごく頼みにしているから、よろしくね？　すごいって評判よ」

「頑張ります！」

と応じつつ、やはり、どうしても気になった。踏み込まないほうがいい気もしつつ。

「あのー……噂とか、評判って……？」

「子供と遊んだり、あやすのが上手なんでしょ？」

「そこは、はい、自信があります！」

よかったよかった、まともな噂だったと胸を撫《な》で下《お》ろす紬の耳に不穏な言葉が届いた。

「それに、お強いんでしょう？」

「強い？」

「ええと……ほら、ドラゴンを倒したんでしょ？　素手で？」

とんでもない勘違いが起こっていた。

「いえいえ！　倒していません！」

「そうなの？　素手じゃなくて武器は使ったの？」

「そもそも倒していないですから！　私は言うほど何もしていなくて……行き違いを理解してもらって、帰ってもらった感じです」

「そうなんだー！　ごめんねー、なんだか勘違いしちゃって！」

「いえいえ、大丈夫です！　なので、それほどすごい人間というわけでは――」

今まで黙っていたクレイルが薄い笑みを浮かべながら割り込む。

「なんてツムギは謙遜《けんそん》しているけど、ドラゴンとの件では本当に大活躍だったよ」

「あらあら、どんな感じ？」

「ク、クレイル様⁉」

「私が子供のドラゴンを倒そうとしたとき、ツムギが止めに来たんだけど、その勇姿はまさに伝説の戦乙女《いくさおとめ》を思わせるほどだったよ」

「まあ、すごい！」

「クレイル様、盛らないでください！」

「盛っているつもりはないんだけどね、ツムギ。あのときの君は立派だったよ。剣を持ち、殺気みなぎる私に一歩も引かなかったんだからさ」

「あのときは失礼を……どうしてあんなことができたのやら……」

紬は額に手を当てる。冷静になって思い返すと、確かにあのときのクレイルは戦士としての迫力があった。それに対抗できたのは、子供を守ろうとする責任感ゆえだ。その必死さで、クレイルに対抗できただけ。

「必死だったんです」

「そのおかげで命拾いできたよ。私を止めてくれたこと、本当に感謝している」

クレイルが柔らかい笑みを浮かべた。

「ドラゴンもそんな君の気持ちを汲《く》んでくれたのさ。ツムギがいなければ、甚大な被害が出ていただろう。もっと胸を張ってくれていいよ」

「そうですかね……？」

「保証するよ。私も、王城で君の貢献とすごさを吹聴《ふいちょう》している人間だからね」

「えええええええ⁉」

百面相のように表情をコロコロと変えて驚く紬を見て、クレイルが楽しげな声を上げて笑う。

そんな二人を眺めながら、にこやかな顔のフェリシアが口を開いた。

「ツムギさんって面白いわね。楽しみだわ。もう少し話を聞かせてよ」

それから雑談に花が咲いた。

紬はフェリシアに対して好感を持った。クレイルと同じく、偉ぶらない気さくな性格の人物だ。きっと仕事はやりやすいし、楽しいものになるだろう。

（よーし、頑張るぞー！）

人のためになることが紬は嬉しい。それが、素敵だと思える人なら、これほど幸せなことはないのだ。

◆

そんな紬とクレイルを眺めながら、フェリシアはひとつの確信を深めていた。

（ひょっとして、クレイルはツムギさんに気がある……？）

ずっと一緒に暮らしていた弟なのだ。何かに興味を持ったときの目の輝きくらいは見抜ける。それと同じ雰囲気を、紬と話しているクレイルから感じ取っていた。

その直感にフェリシアは自信があった。

(あらあら、公爵家の堅物お坊ちゃんが……)

それがクレイルに対する、よそからの評判だった。公爵家という生まれで、顔立ちもよく、剣の腕も立ち、頭脳も優秀。学生時代からモテたので、望めばいくらでも火遊びができただろうが、クレイルは一顧だにしなかった。おまけに縁談話も山ほど来ていたのに、今はまだ時期ではない、と一蹴《いっしゅう》していたのだから、そんな風評がたつのは当然だ。

そんな堅物クレイルの心が揺れ動いていることにフェリシアは姉として喜ばしい気持ちになった。

この階級社会において、異性の使用人に手を出すことなど貴族の立場からすれば簡単だ。時間をかけて口説く必要などなく、夜に呼び出すだけでいい。使用人に拒否する権利はない。

(だけど、堅物のクレイルに、そんな気はないわね)

きっとクレイルが本気で動くのなら、同じ貴族の女性を扱うように紬と向き合うだろう。そんな弟を誇りに思う。

(堅物すぎるクレイルが上手《うま》く話を進められるのか不安ね……姉のおせっかいが必要かしら？)

雑談をしながら、フェリシアはそんなことを考えていた。

◆

それから数日後、紬はトレイシーの屋敷を目指した。手に持ったカバンに入っている、分厚いハードカバーの魔法書を全て読み終えたからだ。

それが、トレイシーからのノルマだった。

弟子入りを認められた日、トレイシーは本棚から見繕ってきた魔法書をどさどさと机に置いた。

学生時代、別に紬は不真面目な生徒ではなかったが、勉強よりは体を動かすほうが得意だったと断言できるので、反射的に魂から声が漏れる。

「う……」

「う、ってどうしたんだい？　根性のへし折れた音がしたけど？」

「違います！　今のは持病の腰痛でして！」

「ふふふ……誤魔化すなら、もうちょっと真剣に誤魔化すべきかな？」

それらを読み終わったら来訪してね、それまでは来ても相手にしないよ？　と言われて紬は家から追い出された。

魔法書はちらりと見ただけでちんぷんかんぷんだったが、紬は投げ出さずに読み進めた。怜のような頭脳のキレはないが、決めたことは最後までやり遂げる気合は持ち合わせているのだ。

避暑地にも持っていき、どうにか読み終わったのが昨日だ。

（というか、目を通したというべきだけど……）

何かが身についたという感覚はないけれど、とにかく約束を果たすことはできた。

屋敷の客間で紬はトレイシーと対面する。トレイシーは前に会ったときと同じように、気楽な様子で長い足を組んでソファに座っていた。

紬は持ってきた魔法書をローテーブルの上に置く。

「読んできました！　貸していただいてありがとうございます！」

「ふぅん、頑張ったね。もっとかかると思ったよ」

トレイシーは魔法書を手に取り、パラパラとめくった。

「じゃあ、この『映像魔法の基礎概論』一五二ページでホリアスが定義した理論の内容は？」

「お、おお……」

露骨に狼狽《ろうばい》した。というか、紬に限らず、そんな細部を一読しただけで覚えているはずがない。

「ううう……わかりま、せん……」

「そ、なら、いいよ」

あっさりと答えてトレイシーが本をテーブルに戻す。

てっきり追い出されるのかと紬は戦々恐々としたが、想像と違う反応が返ってきた。

「え、いいんですか？」

「そんなの、覚えているはずがないよね？　見ていたのは、あなたの表情だよ。信じてもいいかな、って感じだった」

「よ、よかったあ……」

「本当に読んでいれば意識の下に残っている。きっとそれは勉強しているうちに繋《つな》がっていく――もし、読んでいなければ、挫折《ざせつ》して終わり。本当の答えはいずれわかるからね」

そう言ってから、じっとトレイシーが紬への視線を強めた。

「で、もう一度聞くけど……まだやる気はあるのかい？」

「あります！」

「魔法の修業は辛いものだよ。投げ出したりはしない？」

「しません！」

「うん、それならいい。せいぜい頑張ってよ、おたまじゃくしさん」

ローテーブルの魔法書を片付けた後、トレイシーがスケッチブックを持ってきた。見るように促されたのでページをめくると、

「え、すごい！」

むちゃくちゃ上手い絵が描かれていた。写実的で、しっかりと対象を写し出している。人から動物、風景画まで様々な絵がページをめくるたびに現れる。

「これはトレイシーさんが？」

「うん、私が描いたものだよ。映像魔法はイメージが大事だからね。絵を描く能力はとても重要」

「え」

「そう、絵だよ」

悲しい言葉の行き違いが起こった。だが、紬にはそれを気にしている余裕はなかった。絵が上手くないとダメなのは困るのだ。

衝撃を受ける紬に、トレイシーが鉛筆を差し出す。

「じゃ、絵を描いてみてよ。まずはセンスのチェックだね」

「は、はい……」

紬は覚悟を決めて鉛筆を受け取った。

己の破滅的な絵画センスは認識している。正直、トレイシーの素晴らしい絵が載っているスケッチブックに加筆するなんて、恐れ多さで心が震える。怒られないだろうか。おそらく大丈夫、独特ではあるけど鷹揚《おうよう》な雰囲気を持つ人だから、許してくれる。たぶん、きっと、お願い。

紬は震える鉛筆の先を白紙の紙に押し付けた。

己の絵画センスが奇跡的に発現しているのを信じて——

結果、

「……？　これは何？　蓮根《れんこん》？」

「あ、あの、トレイシーさん、です……」

「⁉」

おずおずと紬が差し出したスケッチブックを眺めていたトレイシーの体が電気ショックでも受けたかのようにびくりと震えた。そして、顔を上げる。滅多に爽《さわ》やかな表情を崩さないトレイシーの顔が驚愕《きょうがく》に歪《ゆが》んでいた。まるで、お前はもう死んでいて実は幽霊だったんだよ、と告げられたときみたいに。

（ひいいいいいいい！）

紬はがたがたと震えた。どうやら、予想通りに紬の絵は失敗したらしい。紬は意外と思わなかった。なぜなら、描きながら、己の絵が大変な状況にあることに気がついていたから。確かに、それは人の形に蓮根を並べたような絵だった。微妙な形状の楕円《だえん》がいくつか並んでいるだけ。

それが紬の芸術センスの限界だった。

「これは……すごいね……私が出会ったなかでも一番のとんでもなさだ。なんだか、うん……私のスケッチブックに呪いがかかったみたいだね」

「あああの、その……ごめんなさい！　私、絵が下手で……！」

「ううん……いや、これはその枠内にはないね。下手とかそういうものの領域ではなくて……人間にこれほどのものが生み出せるのか、そんな感じだ。これが私だなんてねえ……」

「似てませんかね……？」

「形状を持った何か、という観点では似ているかもしれないね」

ダメだった。

そして、それはただのダメではなかった。

「ツムギ」

「はい」

「悪いけど、弟子の話はなしで」

「……え⁉」

これだけで判断されるのか。これだけで判断されてしまうのか。

「そ、そんな⁉　絵が下手だとダメなんですか⁉　他で頑張りますから！」

やり遂げると決めたのだから、そう簡単に引き下がりたくはない。まだ入り口しか覗《のぞ》いていないけれど、まだ魅力の全てを知っているとは言えないけれど、それでも興味を持ってしまったのだ。

この道に足を踏み入れてみたいと思ってしまったのだ。

じゃあ、これでおしまい。他を探そう——

そんなふうに気持ちを切り替えるには、まだ挫折の傷が浅すぎる。

「もっと知りたいんです！　映像魔法を！　お願いします！」

「無理なものは無理だよ。他のことならセンスがなくてもある程度は上手になれるけど……魔法には最低限のセンスが必要なんだ。できない人はどれほど積み重ねてもできない、届かない。これは努力とか根性の話ではないんだよ。そして、見込みのない弟子に引導を渡すのも師匠の仕事なんだ」

「そんな――!?」

　そこでトレイシーは両手を動かした。それは右手の親指と人差し指、左手の親指と人差し指で四角を作り出している。その小さな矩形《くけい》の向こう側にトレイシーの右目があった。

　そのポーズに、紬は見覚えがあった。

（カメラで写真を撮るポーズ？）

　トレイシーがぽつりと言った。

「ピクチャー」

　ぱしり、という音がして、指で作られた四角形の中に『紬』が写っていた。

　驚いた紬が体を動かすが、四角形の中にいる『紬』の姿はぴくりとも動かない。まさに、カメラで撮影した写真のように。

「これが映像魔法、初歩の初歩の魔法、ピクチャー。効果は、発動した瞬間の景色を取り込むこと」

　トレイシーが左手を下げる。しかし、映像は依然、右手の人差し指に乗っかるように残っていた。

　次いで、トレイシーが右手の親指を人差し指につける。

　映像が剥落した。座っているトレイシーの膝下《ひざもと》に落ちる。トレイシーがそれを拾って紬に差し出した。そこには『撮影されたときのままの紬』が写っていた。

「これは、ピクチャーの映像を固定化したもの。修練を積めば、こんな感じで映像を残して他人にあげることもできる。お別れのプレゼントだよ。せめて記念に持っていくといい」

「う、ううう……」

「あなただと、このピクチャーすら使うことはできない。魔法の修業はね、最低でも三年はかかるんだ。そんなに頑張って、才能がないとわかっても悲しいだけだよね？」

合意するかどうかは別として、紬は写真を受け取った。

その映像は実に見事だった。スマホで撮影した写真を眺めているかのようだ。こんなことが魔法でできるだなんて。これくらいなら手持ちのスマホでもできるが、おそらくはそれ以上のことができる――

（やっぱり、映像魔法ってすごい！）

紬の気持ちは前を向いていた。

「私の言葉が伝わると嬉《うれ》しいんだけど――って、何をやっているの？」

「え？」

紬は両手で四角形を作り出し、トレイシーと同じポーズを取っていた。

「いやー、面白いなーと思って。真似《まね》をしてみたんです」

「ふふふ、憧《あこが》れは大事だけどね。それで次はどうするの？」

「そうですね――」

すっと息を吸い込んで、次に言うべき言葉を口にした。なんとなくカメラのことを頭に思い浮かべながら。

「ピクチャー!」

ただ、それだけで終わるはずだったのに。

静まった部屋に、パシリと小さな音が響いた。そう、トレイシーが魔法を発動させたときのように——

「あら?」

どうして音がしたのか、紬には理解できなかった。何が起こったのかも。ただ、向こう側に座っているトレイシーの表情が、信じられないものを見たかのように強張《こわば》っているのが見えただけ。

トレイシーが、らしくない動揺した声をこぼす。

「ええと……どういうことかな……?」

「な、なんですか!?」

「それはこっちのセリフだよ。どうしてピクチャーが使えているんだい?」

「……へ?」

紬は首を動かして、己の指で作り出した矩形を前から覗き込む。

そこには、今の動揺した表情とは違う、余裕のある表情をしたトレイシーが写り込んでいた。

「え、え、え、え……?」

紬自身にも意味のわからない光景だった。驚いた拍子に手が振れて、ふわりと映像が消える。紬は信じられないものを見たような様子で己の手を見つめ、それから、トレイシーに視線を向けた。

「……あの、今のは?」

「こっちが聞きたいんだけどね」

少し余裕を取り戻したトレイシーがくすくすと笑う。

「何が起こったんだろう？」

「ええと……使えちゃいましたね、ピクチャー」

「そうだね。でもさ、どうして使えるの？　魔法の素人なんだよね？　さっき言ったけど、三年は訓練が必要なものなんだよ。それに——」

トレイシーはスケッチブックに描かれた紬のとんでもイラストを差し出し、

「こんなヘンテコな絵を描くセンスの持ち主なのに？」

「ぐはっ」

本人に悪意はないようだが、あんまり言ってやんな級の暴言が紬にクリーンヒットした。

「ど、どうして、なんでしょうね……？」

むしろ白昼夢の類《たぐい》ではないのかと紬は思うのだが、トレイシーも見ている以上、それはない。

その奇跡は現実に起こってしまったのだ。

「あなたには才能があるんだろうね」

その言葉はとても嬉しいものだった。灰色に染まりかけた窓に陽《ひ》の光が差し込んだような心地よさだ。温まってきた心が喜びで震える。

これはきっと前に進んでいくぞ！　と紬は期待していたが、やおらトレイシーは顔を青ざめさせて肩をガックリと落とした。

「……少し落ち込むね。自分が嫌になる……」

「え？」

「とんだ失態だ。私自身が学校教育からはみ出る存在だったのに……弟子を枠にはめて評価し、才能を台無しにしてしまうところだったなんて……嫌になる……」

「そ、そんな、大丈夫です！　気にしていませんから！」

「ツムギ、こんなことを言えた義理ではないけれど、前言を撤回させて欲しい。君に映像魔法を教えよう。いや、教えさせてくれ。この通りだ」

トレイシーは紬の目をじっと見た後、深く頭を下げた。

もちろん、紬に遺恨はない。

「喜んでお受けします。これからよろしくお願いいたします」

「そう言ってもらえて嬉しいよ。あともうひとつ、私の意地に付き合ってもらえないかな？」

「意地、ですか？」

「私が協力している劇団へブンズ・ストライクの公演に招待するよ。私の映像魔法がどれくらいすごいのかってのも見てもらいたいんだ」

そこで、トレイシーが口元にイタズラめいた笑みを浮かべる。

「本物の映像魔法を見せてあげよう――師匠としてのプライドというやつさ。どうかな？」

翌日、紬はレイチェルとフェリシアの娘が遊んでいる部屋でフェリシアにそのことを伝えた。

「――そんなわけで、劇団へブンズ・ストライクに招待されることになったんですよ」

「へえ、すごいじゃない！」

いきなりフェリシアの声のトーンが上がったので、紬はびっくりした。

「……そうなんですか？」

「ヘブンズ・ストライクって王都で最も人気のある劇団よ？　簡単にはチケットが取れないくらいのね」

その時点でトレイシーが間違いなく天才だと紬は思ってしまった。

「チケット三枚ももらったんですけど――」

「うわー、羨《うらや》ましい！」

「だったら一緒に観《み》に行きますか？」

「え、本当に⁉」

両手をパンと打ち合わせて、フェリシアが喜ぶ。だけど、その顔は少し考え事をした後、うーん、となり、

「観たいけど、ヘレナを連れていくわけにもいかないしねえ……」

それから、こう続けた。

「そうだ！　クレイルと一緒に行ったら、どう？」

「クレイル様ですか？　興味ありますかね？」

「大丈夫よ、ほとんどの貴族は観劇を嗜《たしな》むものだから。レイチェルも連れていったら？」

「行く！」

それまでヘレナと遊んでいたレイチェルが耳聡《ざと》く聞きつけ、右手を挙げた。

「でも、どこに？」

「劇を観に行くのよ。面白いわよ？」

「わー、楽しそう！」

両手を挙げてレイチェルが喜ぶ。その横で自分も連れていけとヘレナがアピールした。

「へーナ、へーナちゃんも！」

なんだか怪しげな言葉だったが。

そんなヘレナをフェリシアが抱き上げた。

「まだヘレナには早いかなー。お母さんと一緒にお留守番してようね？」

フェリシアの言った通り、クレイルに尋ねると即答で誘いに応じてくれた。

「面白そうじゃないか。楽しみにしているよ」

あっという間に約束の日となった。

今日は仕事を免除してもらえたので、紬は朝から自由である。

（さて、何を着ていこうかな……）

そんなことをぼんやりと考える。一流劇団の観劇である以上、妙な格好はドレスコード違反だろう。であれば、それなりの格好をする必要がある。

（うーん……上品に見える組み合わせか……よーし、今日はオシャレを頑張ってみるぞ！）

問題は、それに応えられるほどの女子力が紬にあるかどうかだが。

考えがまとまったところで、執事長が部屋にやってきた。

「ツムギ、クレイル様からの依頼だ。ついてきて欲しい」

「……？　はい？」

なんだろう、と思いつつ執事長の案内に従う。てっきりクレイルの執務室に向かうのかと思っていたら、案内されたのは別の部屋だった。

「ここだ。あとは中の人間に従うように」

執事長と別れて、紬は部屋の中に入った。

「あのう、ごめんくださ い……？　紬ですけど？」

「お待ちしておりました！」

三〇歳くらいの――身なりがちょっと派手じゃない？　という感じの女性が出迎えてくれた。ただ、嫌味な派手さではなく、じっくり見てみると調和が取れていて本人によく似合っている。

そこはパウダールームだった。鏡台と椅子がずらりと並んでいる。

空いている空間には、ハンガーラックと思《おぼ》しきものがあった。なぜ、思しきかというと、布がかかっているので中身が見えないからだ。

「私、フローラと申します。クレイル様のご依頼でツムギ様の服を用立てるために参りました」

「は？」

フローラが布をばさりと剥《は》ぎ取る。

すると、そこには緑、赤、青――色とりどりのドレスが収められていた。

（お、おおおお……）

見るだけで上質さが伝わってくる質感に紬はたじろぐ。前世のネットで買ったことがある五〇〇〇円のドレスとは漂う雰囲気が異なる。そんなものと一緒にしてくれるなよ？　血統書付きのお犬様の高貴さがそこにはあった。

「ええと、このドレスは――？」

「もちろん、ツムギ様が本日お召しになられるものです。時間の許す限り試着して、気に入ったものを一緒に探しましょう！」

（ふおおおおおおおおおおおおおおおおお！）

恐れ多さで紬は卒倒しそうになった。

紬が想定していた『天野《あまの》紬プレゼンツ小粋な装い』の五段階くらいは上等な代物である。

あの、見ているだけでピカピカ輝いている素敵なものを、こんな下賤《げせん》な私が身にまとっていいのでしょうか⁉

いいんです。

そんなわけで、クレイル・ファインツ主催ミス紬のファッションショー（突発）が始まった。

フローラは手慣れたもので、緊張で棒立ちな紬の周りを働きバチのように飛び回り、パパパと採寸した後、手早い動きで服を選んでいく。

「うーん、こっちかなあ、いや、あっちも捨てがたいわね……」

フローラがプロの目で選別している。

紬的には、

（い、いや、もう、ぶっちゃけどれでもいいですよ？　どれも素敵なんで……？）

が本音だった。どちらかというとオシャレには鈍感な紬視点だと、違いは全くわからない。いずれも一〇〇点のものばかりだから。

「着てくれる人が素敵だと、選びがいがあるわああ！」

一方、フローラは明らかにハイになっていた。怖い。

ようやく選び抜かれた――とは言っても、まだ一〇着以上あるドレスを紬は次々と試着していく。フローラがすごい速さで着替えさせてくれて、すごい速さで判断してくれるので、マネキン役をしていればいいだけの紬は意外と楽だったけど。

ああでもない、こうでもないとフローラが悩み抜き、決めたのは上質なモスグリーンのドレスだった。

「これが一番いいですね！」

いずれのドレスも間違いなく素晴らしいものだろうけど、確かにその一着は飛び抜けていた。

鏡に映った自分を見ても、この人、誰？　くらいの気分だった。こんな素敵なドレスに身を包んでいること自体が信じられない。

「次はヘアメイクをしましょうか。あちらにお座りください」

ドレスが汚れないよう肩にケープをかけてから、フローラが丁寧な手つきで髪を編み上げる。続いてメイク。フローラの筆が紬の顔を走るたび、表情に美しさが足されていった。

様変わりしていく鏡の中の自分を見て、紬は静かに息を呑《の》む。

（うわあ、すごい……）

語彙《ごい》力もどこかに消えてしまっていた。ここまで外見を磨き上げられたのは初めてだった。一秒ごとに綺麗《きれい》になっていく自分を見ていると、まるで胸の奥にぽかぽかと温かい光が灯《とも》ったかのような気分になる。

もう少しで完成というところで、部屋がノックされた。

『やあ、ツムギ。そこにいるのかい？　クレイルだけど』

「あ、はい。ここにいます」

『もう準備は終わった？　入ってもいいかな？』

「はい、だ――」

大丈夫です、という言葉を、フローラの大きな声が打ち消した。

「少しだけ待ってもらえませんか!?　もう少しで終わりますから！」

『そうか、わかった。なら、少し待たせてもらうよ』

クレイル様を待たせるなんて!?　慌てた紬が小声でささやく。

「……まずくないですか？　ほとんど終わっているし――」

「ほとんど終わっているからですよ、心配しないで。クレイル様は女性の支度に文句をつけるような人間ではありませんから」

笑いを噛《か》み殺《ころ》しながら、フローラが続ける。

「どうせなら、完璧《かんぺき》なツムギさんを見てもらいましょう」

つい背筋を伸ばして、紬は鏡の中の自分を見つめてしまう。

ほどなくしてフローラが手を止め、紬にかけていたケープを外した。

「……はい、終わりましたよ。どうですか？　何かありますか？」

「ない、ないです……」

「それはよかった。お美しいですよ。じゃ、クレイル様をお呼びしますね」

フローラの呼び声を聞いて、クレイルとレイチェルが部屋に入ってくる。

紬は立ち上がって二人を出迎えた。

クレイルが紬を見るなり、驚きの表情で動きを止める。やや見開いた目で、まるで呼吸でも忘れているかのように見つめていた。

（ううん……印象が変わりすぎて、誰この人⁉　みたいな感じなのかな……？）

そんなことを紬が思っていると、レイチェルが大声ではしゃいだ。

「わあああ、ツムギ、すごく綺麗！　似合ってるよ！」

「本当ですか？　ありがとうございます、レイチェル様」

レイチェルの言葉で呪縛を解かれたクレイルが、いつものにこやかな表情で近づいてくる。

「うん、とても似合っている。素敵だよ、ツムギ」

「そう言っていただけて嬉《うれ》しいです。ほんと……フローラさんの腕前のおかげです！」

そのフローラに、クレイルが目を向ける。

「これで全てか？　アクセサリーは？」

「用意してございます」

そう言って、フローラが持ってきていた大きなカバンを開ける。そこには金銀に輝くネックレスなどが大量に収められていた。

（ほおおおおおおおおおおおおおお⁉）

光で目が潰《つぶ》れてしまいそうだった。

「そ、そんな、この貸衣装だけでも充分ですよ⁉　それ以上なんて、申し訳なくて――」

そこでクレイルが、何を言っているんだ？　という表情で首を傾《かし》げた。

「貸衣装？　いいや。これは君へのプレゼントだよ。アクセサリーのほうもね。フローラ、適当に見繕って私に請求しておいてくれ」

「わかりました」

勝手に進んでいる話を聞いて、紬は、ほげえええええええええ、と内心で思っていた。総額でいくらくらいなのか想像がつかない。

（内臓でも売られちゃうの？）

そんなことを思ってしまう。

「……あの、でも……無料でもらうのは気が引けます……」

「気にしないでくれ。どうしても気になるのなら、チケットの返礼だと思ってくれていい。そうそう取れるチケットではないからね、とても嬉しいんだ」

それから、こう続ける。

「そもそも使用人を華やいだ場所に連れていくとき、それなりの格好をさせるのは主人の務めなんだ。本当に気にしなくていい。わかったかい？」

そう言われると、紬としては納得するしかない。確かにクレイルの言い分は理にかなっている。そもそも外見も優秀なクレイルたちが『貴族としてしっかりした服装』をしている以上、紬もこれくらいのものを身につけなければ並んで歩く資格はないだろう。

「わかりました！　ありがたく頂戴《ちょうだい》いたします！」

「うん、それでいい」

満足げにクレイルが頷《うなず》いた。

支度が終わった後、三人は馬車に乗って劇場へと向かった。到着するなり、紬は絶句した。繁華街のど真ん中にある劇場が想像以上に立派な建物だったからだ。また、入っていく客たちの服装も華やか極まりない。

「お、おお……」

（五段階アップの衣装で良かった！）

間違いなく『天野紬プレゼンツ小粋な装い』であったとしても場違いだっただろう。

「それじゃあ、行こう」

壮麗な建物に向かっていく、着飾ったクレイルとレイチェルの姿は実に様になっていた。

客席はごった返していて、指定席を探し出してたどり着くのが大変なほどだった。

「すごいな、ヘブンズ・ストライクの劇をこんなにいい席で見られるなんて」

真正面の舞台を眺めながら、クレイルが嬉しそうにつぶやく。

「人気あるらしいですね……何がそんなに受けているんですか？」

「劇団自体が超一流というのもあるけど、映像魔法による演出の劇なんて、ヘブンズ・ストライクしかやっていないからね」

「え、そうなんですか？」

「私も詳しくはないけど……リアルタイムで進行する劇にタイミングよく魔法で演出を入れるのは高度な技術とセンスが必要らしくてね、映像魔法使いなら誰でもできるわけではないらしい」

つまり、トレイシー並みの力量があってこその仕事だ。ヒルトが『映像魔法は実用性がない』と言っていたが、突き抜けた才能を持つトレイシーは例外らしい。

（……トレイシーさんって本当にすごい人なんだ……）

己の師匠への尊敬の念を一段と深めた紬だった。

かくして劇が始まった。

騎士を主人公とした物語で、クレイルから聞いた話によると、古い伝承に基づいた劇らしい。

無双の騎士が旅をしながら多くの苦難を乗り越えて人々を救い、最後は手に入れた聖剣で悪の竜を倒してヒロインである姫と結ばれる物語である。

前世で普通にゲームや小説を嗜《たしな》んでいた紬にとっては、特に目新しくもない物語だが、

（うううううう、むっちゃ面白い！）

食い入るように見てしまった。そもそも、王都でも一流の劇団が演技をしているだけあって、質の高さが凄《すさ》まじい。見ている観客を圧倒するだけの迫力がそこにはあった。

クレイルは興味深げな目でじっと見つめているだけだが、レイチェルは両手の拳《こぶし》を握り締めて興奮した様子で見入っている。公共の場でなければ、きっと叫んでいたかもしれない。

そして、それだけではない。

現代人の紬の予測を超えているものもあった。

魔法使いを演じる役者が杖《つえ》を掲げて「ファイア・ボール！」と叫んだ瞬間、真っ赤な炎の塊が飛び出し、舞台に激突するなり大きな音を立てて破裂したのだ。

「うわあああああ！」

炎の一撃を喰《く》らった役者たちが大きく吹っ飛ぶ。

（――――え⁉：）

紬は度肝を抜かれた。なぜなら、本当に魔法が炸裂《さくれつ》したと思ったからだ。いくら劇のリアルさを追求するにしても、本物の火炎魔法を使うのはどうかしている。

だけど、それは紬の思い込みだった。

なぜなら、舞台には傷ひとつついておらず、吹っ飛んだ役者たちも無事だったからだ。負傷しているような演技こそしているが、負傷していないのは見るだけで明らかだ。

まるで幻でも見ているかのような――

その瞬間、紬は何が起こったのか理解した。

あれこそが映像魔法だ！

おそらくはトレイシーが役者の動きに合わせて魔法を行使して、火炎の映像を作り出したのだ。

もちろん、特殊な演出はそれだけではなかった。

中盤のボスを倒したとき、騎士の一撃を受けた瞬間に真っ赤な血飛沫《ちしぶき》が噴いた。ヒロインと一時的に離別するシーンでは絹糸のように美しい小雨が降り注いでいた。

そのどれもが、トレイシーの手によるものだ。

（……すごい……！）

これが映像魔法でできることなのか！　それを知って紬は興奮した。今までは本で読んだだけの知識だったが、それが今、想像を超えるほどの迫力で展開されている。

より一層、この魔法を覚えたいという気持ちが強まった。

胸躍る演技と演出の数々で観客たちを魅了した劇はついに終盤に突入した。

「アーッハッハッハッハ！　この魔竜グリモアを倒せると思うな、人間よ！　永劫《えいごう》の時を生きる我に比べれば、お前など塵芥《じんかい》に等しい！」

最後の決戦が始まった。

（おおお！）

巨竜と人、難しいに違いない戦いをトレイシーの映像魔法が彩っていく。ときには巨竜の目を、巨竜の鉤爪《かぎづめ》を、巨竜の大口を映し出しながら、激しい戦いが展開されていた。

手に汗握る激闘は、やがて――

「グリモア！　この聖剣の一撃を受けてみよ！」

「グオオオオオオオオ！」

眉間《みけん》に聖剣の一撃を喰らい、グリモアは力尽きる。その後、助け出したヒロインの姫と永遠の愛を誓って、劇は幕を下ろした。

緊張から弛緩《しかん》へ、心が洗われるかのような開放感を味わった観客たちは歓声を上げながら拍手をする。隣でレイチェルも大喜びだった。そして、紬はそれ以上だった。

「ううう、すごいですよー、すごいですよー、トレイシーさん！」

トレイシーの言葉に嘘《うそ》はなかった。

――本物の映像魔法を見せてあげよう。

まさに、それを見た。そして、そんなことができるようになる未来への気持ちが、劇への熱い感動をともなって紬の中で燃え上がっていた。

クレイルが顔を紬に向けた。いつもなら冷静なクレイルの顔にも、高揚が見てとれる。

「ツムギ、素晴らしい劇だった。いい師匠を持ったね」

「はい！」

それから、紬はクレイルたちとともに関係者控え室近くの談話スペースに移動した。トレイシーから劇が終わったら来るように言われていたからだ。

しばらく待っていると、トレイシーが姿を見せる。一仕事を終えた、充実の様子だった。

「どうだったかな？　私の映像魔法は？」

「すごかったです！　スペクタクルでファンタジーでした！」

「思わず語彙《ごい》力を失ってしまうほどって感じかな？」

嬉しそうに微笑するトレイシーの目がクレイルたちに気づいた。

「おや？　あなたたちは紬の連れかな？」

「クレイルと、妹のレイチェルだ。こんばんは」

あえてクレイルは家柄を伏せた。もったいぶったというよりは、貴族と名乗ることで相手を気遣わせたくないという判断だろう。

「こんばんは、私の名前はトレイシー。紬に映像魔法を教えている。この劇の演出も担当しているんだけど、楽しめたかい？」

「圧倒されたよ。あれほどの迫力ある映像が見られるなんて。演技に被《かぶ》せるタイミングも完璧だったし、素晴らしい才能だと思った」

「ふふふ、褒めすぎだね」

ただ、褒められてまんざらでもないのだろう、トレイシーは機嫌が良さそうだった。続いてレイチェルに目を向ける。

「子供にも伝わるシンプルさを心がけたつもりだったけど、どう映った?」

「面白かったよ!」

子供の素直な感想はポジティブであれば力になる。そこに嘘はないから。だが、逆もまた然《しか》りなのだ。

「だけど、ドラゴンの映像だけなんか微妙だった」

「む?」

トレイシーが警戒の声をこぼす。今まで空気に広がっていた熱気が急速にしぼんだ感じだ。

レイチェルは空気を読まずに続けた。

「ドラゴン、あんまりかっこよくなかった」

その言葉は見えないナイフとなってトレイシーの胸に突き刺さった。

(……あちゃー……)

紬は心の中で頭を抱えていた。ちらっと視線を送ると、クレイルも同じ気分のようだ。

実は、紬も同じ感想を持っていた。

偽物っぽさがすごかったのだ。おそらく、それは竜を見たことがないであろうトレイシーが空想上のドラゴンを頑張って作ったためだ。普通の観客なら充分すぎるクオリティだし、上手くデザインされていた。だけど、紬たちは本物のドラゴンを少し前に見ている。どうしても、差分が気になるのだ。レイチェルも現場にこそ行かなかったが、窓から眺めていたので姿を知っている。

レイチェルは無邪気に話をこう締めくくった。

「本物はあんな感じじゃないよ?」

「え……本物を見たことがあるのかい？」

「あるよ。紬が倒したの」

「嘘⁉」

すごい勢いでトレイシーが顔を紬のほうに向けた。紬はバタバタと両手を振る。

「倒していません！　倒していませんって！」

「……本物の竜を見たのは本当なのかい？」

「そ、それは……本当です」

「じゃあ、あなたの目から見てどうだった？　私のドラゴンは？」

「え、ええと……」

紬は斜め上を見上げながら、必死に言葉を探した。もうこの時点で、紬の意識はトレイシーのダメージコントロールに振り切っている。

「あ、あの、その……独創的なドラゴンだと思いました……」

まるで、おいしくないものを食べたグルメレポーターのような言葉だった。もちろん、その文脈に秘められた真の意味をトレイシーはすぐに理解する。

トレイシーは顔に手のひらを当てた。

「まさか、本当のドラゴンを見ているなんてねえ……。私は見たことがない以上、手抜かりを指摘されるのもやむを得ないか」

「でも、それだけです。作っていた映像は本当に素晴らしいと思いますし、他は完璧《かんぺき》でした！」

「ありがとう。でも、画竜点睛《がりようてんせい》を欠くのはよろしくないね。次の上演に備えて、本物のドラゴンとやらがどんなものか教えてくれないか？」

「え、ええと……、絵で描く感じですか……？」

「ううん……悪いけど、ツムギの絵が参考になるとは思えないんだよね」

それには紬も自信があった。自信しかなかった。

「これもひょっとして、あなたの頭の中にしかない系のやつかな？」

「そうなります、ね……」

申し訳なさそうに言う紬に、くすくすと笑ってトレイシーが続けた。

「あなたに映像魔法を教える理由が新しくできてしまったね」


「近くで用事があったのでね、寄らせてもらったよ」

翌日、怜がファインツ公爵家を訪れた。

紬はクレイルに言って暇《いとま》をもらい、怜と歓談を楽しむことにした。テーブルを挟んで向き合い、怜が開口一番に尋ねたことは『紬の映像魔法』についてだ。

「映像魔法の訓練は進んでいるのかい？」

「うん。避暑地から戻ってきた後、トレイシーさんの家を訪ねたんだけど――」

そう言って、トレイシーとのやりとりを順に話していく。話し終わった後、楽しそうな様子で怜が口を開いた。

「なかなか愉快な日々を過ごしているね、紬」

そんなふうに応じながらも、怜が冷静な観察眼で紬をじっと見つめる。

「私は『不思議なこと』が気になる性分でね……ええと、紬は映像魔法を使えるのかい？」

「へへへ、ひとつだけだけど……」

紬は両手の親指と人差し指で矩形《くけい》を作り、怜を枠内に収めた。

「ピクチャー！」

その掛け声とともに、ぱしりと音がして怜の映像が矩形内に出現した。

「こんな感じだよ？」

「ほほお、面白いことができるようになったね」

怜が体の位置を動かしながら、ぴくりとも動かない己の映像を眺めている。

「まさにカメラのような魔法――と思ったらいいのかな？」

「そうだね。でもカメラというのは気が引けるけど」

紬は映像に視線を向ける。それはボケボケではっきりしない映像だった。トレイシーがピクチャーした映像はもっとスッキリしていて現実と区別がつかなかった。それこそが力量の差だろう。

「少し見せてくれ」

怜が顔を近づける。じっと見つめていると、不意に映像が消えた。

「む？」

「ああ、ごめんね。しばらくすると消えちゃうの。固定の魔法を使えば、消えないようにできるんだけど、まだ使えないんだ」

「へえ」

愉快そうに怜が笑う。

「とりあえず、おめでとう、紬」

「へ？」

「だって、生まれて初めて魔法が使えたんだろ？　いいことじゃないか」

「確かにそうだねえ。実は、私も嬉《うれ》しいんだ！」

そう、実は嬉しかった。より正しくは、むっちゃ嬉しかった。撮影できるのがショボ写真で、すぐに消えてしまうものだとしても、魔法が使えたのは事実なのだ。最低でも毎日一回は使って、映像を見つめてニヤニヤしている。恥ずかしいので秘密だけど。

怜が目を細める。

「だけど、気になる点もある。トレイシーの話だと、普通なら三年かかる魔法を、君はあっという間に習得してみせた。それはどうしてだろう？」

「うーん……」

トレイシーの話だと才能らしいが、自分を大それたものと考えていない紬にはピンとこない。

「紬、魔法を使うとき、何か気になる点はないか？」

「ええと……」

少し考えてから、紬が続ける。

「あ、そうだ。カメラのことを考えているよ」

「カメラ？」

「家に帰ってきてから魔法を使ってみたら、うまくいかなかったの。カメラみたいな魔法だから、カメラのイメージを強くすると、魔法が使えたんだよね」

「……最初に魔法が使えたときも、カメラのことを考えていた？」

「うん」

「へえ、面白いね」

怜が目を細める。

「ひょっとすると、それが君の才能の正体なのかもしれない」

「……どういうこと？」

「我々は映像だらけの世界から来た。テレビ、映画、カメラ、動画――我々の周りにはそんなエンターテインメントで溢《あふ》れていた。そうだろう？」

「うん」

「一方、こちらの人たちはどうだ？　せいぜい絵画や演劇を見るだけで、膨大な映像とは無縁の生活だ」

「そうだね」

「あくまでも仮説だが、現代人だった我々には映像魔法の効果をイメージしやすい可能性がある。つまり、適性があるわけだ」

「おおおおおおおおおおおおおおお！」

紬は感心してしまった。まるでそれが世界の理《ことわり》のように信じられる。素直で単純な紬だった。

「それだよ、怜さん！」

「うん？　判断するのは早計だが？」

「違うの!?」

「こんなものでQ.E.D.と書けば数学の証明問題でもミステリ小説でも文句が出てしまうよ」

そのとき、紬の脳裏をよぎったのは話の内容よりも『Q.E.D.ってなに⁉』だったが、あまりにも自明として会話している怜に恐れをなして聞けなかった。ちなみに、証明終了という意味である。

「うーん、でもそれっぽいと思うんだけどなあ……」

「一応、証明する方法はなくもない」

「どんなの？」

紬がそう応じると、怜は両手の親指と人差し指で矩形を作った。

「私も映像社会の人間だからね。私の仮説が正しいのなら、私にも映像魔法が使えるはずだ。それを試せばいいだろう？」

しかし、怜はそうせずに指を解いて首を振った。

「証明そのものに興味はあるけど、やめておくよ」

「……え、どうして？」

「これは君の領分だからさ、紬。君が興味を持ったんだろう？　なら、君が極めるべきだ」

そう言われて、紬は背筋が伸びるような気持ちだった。それはつまり、ここは君に任せた、という意味だから。世界に冠たる天才科学者にそう頼まれたのだから、胸に響かないはずがない。

「君の作り出す映像を見られる日を楽しみにしているよ？」

「ありがとう、頑張るよ！」


数日後、紬はクレイルの姉フェリシアにこんなことを言われた。

「あ、そうだ。言い忘れていたけど、レティアル伯爵家に招待されているのよ」

「わかりました。ヘレナ様は私が預かりますので――」

「あ、そうじゃないの。ヘレナも連れていくから、あなたも来てもらえる？」

そんなわけで、紬はレティアル伯爵家に向かうことになった。基本的に紬は家の用事のみを行っているので、対外的に顔見せするのは避暑地での歓待以来となる。

伯爵家に到着し、案内された部屋を見て紬は愕然《がくぜん》とした。

（――おお!?）

てっきり、お友達の伯爵家のご婦人と談話するとか、もう少し人を呼んでお茶会をするくらいを想像していたが、そんな規模ではなかった。おそらくはパーティーを開くような大きな部屋に、たくさんの貴婦人たちが談話していた――同じくらいの数の子供たちを連れて。

「これは……？」

「言い忘れていたかしら？　同じくらいの歳《とし》の、子持ちの貴婦人で集まりましょう、という会ね」

なんということでしょう。

紬は怜の言葉を思い出した。

――貴族の婦人やメイドたちの間でも、君の噂は広まっている。避暑地で貴族の子供の相手をしただろう？　子供たちが君のことを大好きだと言っているのだよ。

こんなことも言っていた。

――やあ、これはこれは噂に名高い救国の英雄。また会えて嬉しいよ。うん？　冗談ではないぞ。王宮だと君のことで持ちきりだよ。

紬は渦中の人だった。

普通であれば、貴族が連れてきた育児メイドなど、彼女たちは気にも留めない。なのに、彼女たちの視線はフェリシアだけではなく、後ろに控えている紬にも向けられている。

そして、もちろん、彼女たちが連れてきている子供たちの目も。なぜなら、避暑地で遊んだ子供たちが紛れているからだ。

（ひょ、ひょえええええええ！）

一般市民根性の抜けない紬にしてみれば注目を集めるという状況に慣れていない。おまけに、注目してくるのは貴族、この国の上流階級だ。どうしてだろう、空気を薄く感じてしまうのは？

そんなわけで、紬は会の人気者となった。

貴婦人たちはフェリシアと話してから、まるで今、気づいたかのような様子で紬に話を振ってくるのだが、子供たちは容赦なかった。

「わーい、ツムギだ〜〜！」

「ちゅむぎいいいいいいい！」

避暑地で見知った子供たちが、解き放たれた魚雷のような勢いで特攻してくる。

「ねえねえ、あれやってあれ、妖怪《ようかい》のやつ！　ひょうすべのダンス！」

「あはは、面白かった面白かった！」

「えええ、僕知らなーい。見たいー」

避暑地でやけくそになって披露したものをリクエストされた。とはいえ、場所が場所で立場が立場なので、そう簡単にはできない。

「あ、あは、あははは……その、今度ね、今度……」

なぜかやたらと周りから注目を集める紬の様子に、フェリシアも気がついた。

「すごいわね。ここまで有名だったの？」

「そうみたいですねえ……そんなにすごい人間でもないんですけど」

「あら、謙遜《けんそん》？」

そう言って割り込んできたのは、フェリシアとさっきまで話していた貴婦人だった。

「ツムギさんは、避暑地で暴れる巨竜を倒し、心臓を喰らって不死身となった女傑なんでしょ？」

「食べてません！　食べてませんから！」

噂が大変な内容に進化していた。

「そ、その！　怒っている竜と話し合っただけです！」

「ええと……怒っている竜と話し合っただけでもすごいと思うけど？」

そうですね！　確かにそうかもしれません！　結局、紬がすごいという評価は変わらなかった。

きっとこんな感じの噂が、現在進行形で宮廷に広まり続けているのだろう。紬が周りを見渡す。時の人である紬と少しでも話してみたいと貴婦人たちがそわそわしている。

そこで、フェリシアが紬に顔を近づけて小声でささやいた。

「……ごめんなさいね。なんだか、あなたを見せびらかすみたいになって……。少し前まで夫の領地に住んでいたから、こっちのことには疎いのよね。有名人なのは知っていたけど、ここまでだったなんて……」

「大丈夫です！　気にしていませんから！」

「ねえ、ひょうすべのダンスー」

かっこよくメイドとしてキメた紬のスカートを子供が引っ張る。これはもう、ひょうすべのダンスをするしかないと紬は覚悟を決め始める。フェリシアに許しを得て——

そこで状況が動いた。

「ヘレナちゃま、くちゃい！」

ヘレナと遊んでいた同じ年頃の女の子が鼻を押さえて笑っていた。

「うんち、うんち！」

「あ、私が見ます！」

紬はヘレナに近寄り、しゃがみ込んでお尻《しり》に鼻を近づけた。確かに、異臭がする。

「ごめんなさい、ヘレナ様のおむつを替えないといけなくなりました！」

「気にしないで」

貴婦人の一人が笑いながら言う。

「小さな子供を連れてくる会だから、お互い様よ。そこで替えてもらってもいいわよ」

「ありがとうございます！」

持ってきたカバンからタオルを取り出し、そこにヘレナを寝かせる。スカートは邪魔にならないように、上半身に折り返しておく。その光景を眺めていたフェリシアが声を上げた。

「え？　それは何？」

「はい？」

紬は驚いて振り返る。フェリシアだけではない、他の貴婦人たちも不思議そうな顔をしていた。

彼女たちの視線はヘレナのおむつに注がれていた。

厳密には、紙おむつに。

怜が来てくれたときに、紙おむつの追加をお願いしておいたのだ。そして、それが届いたので、今日の朝から装着していた。

よって、フェリシアはこれを見るのが初めてで、もちろん、他の貴婦人たちも同じだ。

「ええと、これは紙おむつです」

「紙⁉　紙のおむつ⁉」

「布じゃないの⁉」

紬の発した言葉で、一瞬にして会場が騒然となった。紙おむつだけではそこまでいかなかっただろう。だが、目の前にいるのは伝説級の保育力を誇る育児神ツムギだ。そんな彼女が当たり前のように語るアイテム――それはまさしく、神器級。貴婦人たちが衝撃を受けるのも当然だった。

ただの、紙おむつなのだが。

紬はヘレナに穿《は》かせている紙おむつの左右を引き裂いた。手際よく処置して、新しい紙おむつを穿かせる。使い古しのほうは持ってきた紙袋に入れて密閉する。

「ゴミ箱ってありますか？」

受け取りにきたレティアル伯爵家のメイドに紙袋を渡し、

「じゃあ、これを捨ててもらっていいですか？」

そう言った瞬間、メイドが顔の色を変えた。

「ええと、おむつを捨てるんですか？　洗わなくて？」

「捨ててもらっていいですよ。これは使い捨てのおむつなんです」

その瞬間、再び場内の空気が慌ただしくなった。貴婦人たちが互いの驚きを確認するかのように目を合わせ、揺れ動いた感情を口にする。

「おむつを捨てるなんて発想、なかったわ⁉」

「でも、素敵よ。だって、捨てたほうが衛生的だし……何より、楽！」

「すごいわ、さすがは育児神よ⁉　そんなものまで持っているなんて！」

様々だった貴婦人たちの声は、やがて一つとなり、大きなうねりとなった。

「「「使い捨てのおむつって、最高じゃない！」」」

「――へ？」

ついに紬もまた、状況に気がついてしまった。部屋の中を支配する『熱』――貴婦人と彼女たちが連れてきたメイドたちの興奮に。

「フェリシアさん！　あのおむつはどこで手に入るの⁉」

「ええと……私も今日、初めて知ったのよね……」

貴婦人に詰め寄られたフェリシアが困ったような顔で紬に視線を送る。

「なんだか、皆さん興味津々なんだけど……ツムギさん、色々と教えてくださらない？」

「は、はい！」

大勢の貴族たちを相手に紙おむつを必死に説明する紬。それを真剣に聞く貴婦人たち。相当にシュールな光景だが、当人たちはいたって真剣なので笑ってはいけない。

貴婦人の一人が声を張り上げた。

「そのおむつ、私も欲しいのだけど！」

「ええと……怜さんに確認が必要なので、少しお時間をください」

その言葉で、さらにヒートアップした。

「レイ様!? あの聖女の!?」

「まあ、じゃあ、本当にアレは素晴らしいものに違いないわ！」

「神のご加護が宿っているのかしら!?」

貴婦人たちの瞳《ひとみ》の輝きはとどまるところを知らない。繰り返すが、ただの紙おむつの話だ。

（わわわ！ 怜さんの名前を出したのは失敗だった!?）

だけど、口から出たことは取り消せない。後の祭りなのだ。

そんな状況を尻目《しりめ》に、ヘレナが小声でぼそりとつぶやいた。

「おむちゅ、ちゅき」

きっと新しいおむつが気持ちいいのだろう。たどたどしい言葉を口にしながら、ヘレナがニコニコと笑みを浮かべていた。

第五章　謎めいた調香師の正体は

紬《つむぎ》が『紙おむつの件で相談したいことがありまして……』と手紙を送ってから数日後、怜《れい》がファインツ公爵家を訪問した。

いつもの部屋で向かい合うと、怜が口火を切った。

「ええと、相談というのは？」

「実はね――」

レティアル伯爵家での一幕を話すと、怜は大笑いした。

「そうかそうか、みんな欲しがっているのか！　作った甲斐《かい》があるね！」

「便利だからねえ……欲しくなるのは当然だと思うよ。だけど、その……一枚が高いんだよね？」

前に聞いたとき、原価は日本の一〇〇倍、一枚あたり二〇〇〇円～三〇〇〇円だった。

「今はヒルトさんの家と私しか使っていないから、怜さんから回してもらったものをタダで使わせてもらっているけど……今度はすごい人数になるんだよね」

なぜなら、あの場にいた貴婦人たち全員が提供を希望したから。

それに、それだけでは終わらないことが紬には容易に想像がつく。あんな珍しくて便利なもの、貴婦人たちの噂《うわさ》に乗って、あっという間に宮廷に知れ渡るだろう。そうなれば、加速度的に希望者は増えていくはず。

「どうしよう……」

「欲しいと言っているんだ、気持ちには応えようじゃないか」

ことともなげに言ってから、怜は続けた。

「もちろん、適切な代金をもらってね」

「え、もらっちゃうの？　すごく高いけど？」

「それは我々の感覚だよ、紬。金額を告げて彼女たちに判断してもらえばいい。それに貴族はお金持ちだからね。持っているところからは払ってもらうさ」

「かなりの数になると思うけど……大丈夫なのかな？」

「問題はないかな。むしろ、好都合だ。コストダウンには量産化が必要で、それには継続的な需要がないと困るからね。貴族の上客を大量に捕まえてくるなんて理想的だ。さすがだね、紬」

「ええ!?　い、いや、そんな!?　たまたまだよ！」

「そう謙遜しないでいい。君が引き寄せた素晴らしい成果なんだから」

少し考えてから、怜が話をまとめた。

「では、すぐに量産体制を整えるとしよう。ただ、継続的な提供と代金の決定までには時間がかかるから、それまでは試供品の提供という形で進めよう」

すらすらと物事を決めていく怜を眺めながら、紬は感心してしまった。

（さすがは怜さん！）

これはもう、この天才聖女に全てをお任せしていれば万事うまくいくだろうと大船に乗った気持ちでいると、いきなり平手打ちのような衝撃を精神に受けて現実に戻された。

「窓口は紬、君が担当してくれ」

「――へ？」

青天《せいてん》の霹靂《へきれき》の綺麗《きれい》な見本がそこにはあった。

「現代知識に詳しい人間がその役割にふさわしい。私か君しかいないが、私は聖女なのであまり表に出ることができない。一方、君は上流の家でメイドとして働いている。実にふさわしいだろ？」

「確かにそうだね」

「でもね、それだけじゃないんだ。紬、君は人当たりがいい。すぐに人を打ち解けさせる何かを持っている。きっと君は、さっき言った理屈を抜きにしてもうまくやれるはずだ」

紬は、心の中に一本の芯《しん》が入るような気分だった。紙おむつを作り、次に量産体制を整える。それが怜の役割だ。そして、紬にも役割がある。それらを広めることだ。

怜がその仕事を託してくれた。君なら適任だと断言して。今ここでバトンは紬に渡されたのだ。

（自分もやれることをしよう！）

きっとそれが、人々を幸せにすることに繋《つな》がるから。

「うん、やってみるよ！」

「ありがとう。困ったら、いつでも相談してくれていい」


それから二ヶ月が過ぎた。

部屋でヘレナと遊んでいると、外出していたフェリシアが帰ってきた。

「クロノア男爵夫人からも依頼があったの。二歳児用のおむつを用立ててくれるかしら？」

「承知しました。怜さんに伝えておきます」

「最近は値段が下がったから、手を挙げる人も増えたみたい。みんな、喜んでくれているみたいよ？」

「よかったです！」

コストダウンは怜がおむつの量産化を軌道に乗せたからだ。男爵位のような、あまり余裕のない貴族の依頼も増えてきた。窓口としての紬の仕事も増えてきてはいるが、フェリシアやクレイルが積極的に協力を申し出てくれたことで余裕がある。

（本当に私は幸せ者だなあ、みんなに助けてもらえて！）

だんだんと紙おむつの便利さが広まっていく日々に、紬は充実感を覚えていた。

「ところで、妙な話を聞いてきたのよねえ……」

「妙な話？」

「ええ、あなたに関することなんだけど」

「……私、ですか？」

「少し前に、香水を出す店が新しくできてね。そこがとてもいいものを作るって貴婦人の間で評判なのよ」

フェリシアが一本の香水を取り出して、キャップを外した。

「そこの香水、お友達にもらったのよね。手を出して」

垂らしてくれた香水の匂いを嗅《か》いでみると、すっきりとした甘みのある香りが広がった。

「いい香りですね！」

「とっても腕のいい調香師みたいね。貴婦人がこぞって買いたがるのもわかるでしょ？」

そこで、フェリシアは怪訝《けげん》な表情を浮かべた。

「ただ、ここの店主がこんなことを尋ねているらしいのよ。『ツムギさんというメイドをご存知《ぞんじ》ですか？』」

「私、ですか……？」

「ええ。ただ、知りたい理由をはっきりと口にしなかったから、彼女は『知らない』と答えたそうだけどね」

噂好きでお喋《しゃべ》りな貴婦人たちとはいえ、彼女たちの口も無制限に軽くはない。さまざまな思惑が絡む宮廷を生きている貴族なのだ。時には沈黙を選ぶこともある。

ただ、全ての貴婦人がその選択をするとは限らない。人気の調香師がアクセスできる貴婦人の数を考えれば、もう何かをつかんでいてもおかしくはない。

「歳《とし》の頃は四〇くらいの女性で、細身で上品な雰囲気の人らしい。ご存知？」

「……うーん、おそらく知らない人のような……調香師という時点で接点がないので」

「そうなの……どうにも気になるわね」

そこで間を置いてから、フェリシアが続けた。

「……それでね、先日、その調香師から連絡があったのよ。香水の訪問販売をしたいってね」

「――!?」

どうやら、もうすでに紬の所在地を突き止めてきているようだ。

「どうにもきな臭いので、断ってもいいのだけど。ただ、逆の見方もあるわよね？」

「あえて呼び出して、相手の正体を探る……ですか？」

「このまま周りをぶんぶんと飛び回られても気持ちが良くないからね。こちらに来てくれるのなら好都合という考え方もあるでしょう？」

「そうですね。呼んでください。同席しても問題ありませんか？」

「もちろん、どうぞ。一緒に頑張りましょう」

にこやかにほほ笑んでくれるフェリシアの表情が頼もしかった。

あっという間に日が過ぎて、調香師がやってくる日となった。

客間でフェリシアとともに待っていると、執事長が調香師を連れてやってきた。

「初めまして、王都でフレグランスショップ『竜の吐息』を経営しているエンバーと申します」

現れたのは、フェリシアから聞いていた通りの、四〇歳くらいの女性だった。紫色の上質な服からのぞく体型はずいぶんとほっそりしていて、やや不健康にも感じられる。本人の容貌《ようぼう》とも相まって、妙なミステリアスさを感じさせた。

「それと、この子は――」

歳の頃は五歳くらいの小柄な少年が彼女の横に立っていた。こちらもまた貴族の家に出入りしてもおかしくはない上品な青い服を着ている。泰然としている母親とは違って、その顔は緊張で蒼白《そうはく》になっていた。

「息子のグリントと申します。訪問時は知人に預けているのですが、今日は予定が合わず連れて参りました。お目汚しとなりますが、ご理解のほどよろしくお願いいたします」

「私はフェリシア・ローデライス侯爵夫人よ。素敵なお話をありがとう。期待しているわ」

応じたのも、ソファに座っているのもフェリシアだけだった。メイドである紬はソファの背後に無言のまま立っている。これがメイドの立ち位置として普通だからだ。フェリシアは紬にも優しい人物だが、対外的に区別が必要なシーンはある。

エンバーがちらっと紬を見たが、特になんの反応も示さなかった。

フェリシアに着席を促されて、エンバーと息子のグリントが対面のソファに座る。

商談が始まった。

エンバーが持ってきた大きな旅行用ケースをテーブルに置き、開く。中には多くの香水の瓶が入っていた。

「気に入っていただけるものがあればいいのですが」

エンバーは淡々とした口ぶりでフェリシアの好みを尋ねた後、中に香水を染み込ませた布が入っている試用の小瓶を渡し、感想を聞いてから別のものを差し出す。特にリップサービスをするようなタイプではないが、知識の深さが客の信頼を買っているようで、フェリシアは楽しそうに会話していた。

澱《よど》みなく接客しているエンバーに対して、息子のグリントはあいも変わらず緊張している。母親の仕事に連れてこられたのだから、邪魔をしないようにと精一杯なのだろう。

だけど、そんな様子を見ていて紬は気の毒に思った。

(うーん……私が連れ出して遊んであげたほうがいいのかな?)

子供は元気なほうがいいのだから。本筋はエンバーの真意を確かめることなのだが、わかっていても、それを脇に置いてしまうのがお人好《ひとよ》しな紬という人物なのだ。

それに、どうにもグリントの様子も気になる。

ちらちらと紬に視線を送ってくるのだ。それはまるで、本当はすごく視線を向けたいけど、それができなくて、でも我慢できずにしてしまう——そんな感じだ。

紬が目を向けると、すぐに素知らぬ様子で顔を逸《そ》らす。子供らしいが、実に挙動不審だ。

そんな感じで何度も視線を合わせていると、急に何かが『繋がる』感じがして、不意に言葉が流れ込んできた。

——やっとツムギと会えたけど、僕のこと、覚えているかな……。

そんな声が。

（……ううん……？）

紬は内心で首を捻《ひね》った。

記憶を遡《さかのぼ》ってみたが、少年の姿に見覚えがない。なのに、少年は紬のことを知っている様子だ。絶対に知っている。なぜなら、この部屋でメイドという立場の紬はまだ名乗っていないのだから。

（……うーん……）

しかし、思い返そうとしても、記憶の中に少年の姿はなかった。

必死に思い返そうとしたせいか視線に力がこもってしまい、その目を見た少年が怖そうにプルプル震えながら顔をうつむけた。ごめんなさい。

（ええい、ここは飛び込むまでだ！）

紬は意を決した。

「あのー、すみません。グリント君が暇そうにしているみたいなので、私が相手をしましょうか？」

その瞬間、グリント少年の顔がぱっと明るくなった。

むっちゃ嬉《うれ》しそうだった。好物のグミを手渡された子供のような表情だ。

しかし、横から絶対零度のような声が釘《くぎ》を刺してきた。

「ありがたい申し出ですが、お断りいたします。それをしていただく理由がございませんので」

母親の一言を聞き、グリント少年の顔はしゅんと沈んだ。まるで、好物のグミを取り上げられた子供のような表情だ。なんだかその反応を見ていると、どうにかしてあげなくちゃ！　と紬は思ってしまうのだが、母親がそう言う以上は何も手立てはない。

しかし、紬の言葉は状況を動かすことには成功していた。

「そちらの方、お名前は……？」

「紬です」

「そう、あなたがツムギさんなのね」

……少なくともエンバーはこの時点まで紬のことを紬だと認識していないような口ぶりだった。

あくまでも、言葉の上だが。

「私をご存知なんですか？」

今まで無表情だったエンバーの口元がわずかに揺らいだ。

「世界を滅ぼそうとする邪竜を封印し、己の力を示して世界中の竜を従えた竜の巫女《みこ》だと聞きましたけど？」

「そんなことしてません！　お願いして帰ってもらっただけです！」

必死に両手をバタバタさせて紬は否定した。もう七五日以上経《た》っているのに、噂が消えるどころかパワーアップしているのは気のせいだろうか。

「そう……あなたが吹聴《ふいちょう》したわけではないのですね」

「当然です！　私は何もしていなくて――その、竜に助けてもらったくらいです！」

「助けてもらった……謙虚な人なのですね、あなたは。ねえ、ツムギさん。香水に興味はありませんか？」

「え？」

「フェリシア様、彼女にも香水をお勧めしたいのですが、構いませんか？」

「ふぅん……」

薄い笑みを浮かべてから、フェリシアの視線がちらりと紬を見た。

「いいんじゃない、せっかくだから話を伺ったら？　気に入ったものがあればまとめて買うから」

「ありがとうございます！」

紬は、失礼します、と続けて、フェリシアの横に座った。

次々と香水の紹介をしながら、エンバーが雑談を始める。

「ツムギさんは、この家で長く働いていらっしゃるんですか？」

「いえ、そんなにですね。まだまだ来たばかりです」

「普段はフェリシア様のメイドとして働いていらっしゃるのですか？」

「ええと、厳密には少し違います。この邸宅で暮らす子供のお世話をするメイドって感じですね」

「ああ、伝説の育児メイドという噂も聞いています。適任ですね」

「それも！　その！　ちょっと言い過ぎで！　自信はありますけど、伝説ではないです！」

「あら？　伝説でいいと思うけどね？　むしろ、伝説を超えた神域とか？」

「フェリシア様⁉　そんな感じだから噂が大きくなっちゃうんですよ⁉」

「ツムギさんの率直な評価はどうなのですか、フェリシア様？」

「なんというのかな……水も漏らさない才女ではないかな。どちらかというと、少しばかり……いえ、だばだばと漏れている感じというか」

　ぐさっと言葉で紬の胸を突き刺してから、フェリシアが流れを一転させた。

「でもね、優秀よ。一緒にいると落ち着くというか、気遣いが伝わってくるというか……そういう人柄なんでしょうね。そういうのって、メイドとして大切な資質だと思うのよ。子供もすごく懐いているしね」

「なるほど、いい人なのですね」

　短くそう応じて、エンバーが視線を向けてくる。その視線がやや気恥ずかしくもあったが、フェリシアにそんなことを言ってもらえて紬は嬉しかった。

（ありがとうございます、フェリシア様！）

　そして、エンバーが試用の小瓶を差し出した。

「あなたにはきっとこれが似合うでしょう。どうですか？」

　試してみると、確かにそれは紬にとって心地のいい香りだった。

「わ、すごい！」

「いい腕をしているわね。色々と試させてもらったけど、どれも本当に素晴らしいわ」

「お褒めいただきありがとうございます」

「お代はいくら？」

「今回は無料で構いません。お近づきの印です。ただ、一点だけ、ささやかなお願いを聞いていただければ、幸いでございます」

「どれほどのことを望まれるのかしら、怖いわ」

「本当に小さなものです。ただ一日だけ――」

エンバーの視線がすっと動き、紬を見た。

「育児の上手なツムギさんに、私の息子グリントを預かってもらいたいのです」

（え、私⁉）

名指しされた紬本人が面食らった。フェリシアも想像していなかったのだろう、衝撃によって生まれた静寂が部屋を包む。

それを嫌うように、フェリシアが口を開いた。

「……ツムギを貸して欲しい？　どうして？」

「どうしても外せない用事がありまして。処理をするのに一日かかると見ています。その間、私の息子の世話をしてくれる人が必要なのです」

「最初に言ったわよね、いつも預けている人が今日は無理だから連れてきた、と。その人に頼んでは？」

「あいにく一日中は難しいですね。子供の世話が大変なのはご存知だと思います。相手の好意に甘えるのは避けたいと」

「なるほど、香水がその代金がわりというわけね」

「はい」

「ツムギ以外ではダメなの？　お金さえ払えば誰でも喜んでやってくれると思うけど。あなたの香水――かなりお高いものよね？」

「ツムギさんにお願いしたいと思っています。伝説の育児メイドと名高いツムギさんに。子供を預けるのなら、確かな人に預けたい。親ならそう望むものでしょう？」

「そうね。彼女に預けていれば間違いないのは確かかね」

それから、ちらりとフェリシアが紬に目を向けた。

「さて、こんな展開になっちゃったけど、どうしようかしら？　保留もありだと思うけど」

「……うーん……」

じっとエンバーの顔を眺めてみるが、その能面のような顔は何も物語らない。別の声は、その横にいる熱心に紬を見つめている少年から聞こえてきた。

――ツムギ、お願い！　うん、と言って！

そんな彼のほうに目を向けると、慌てて目を逸らした。

エンバーの語っている内容は、それほどおかしくもない。紬は時の人だから、何かしらの要望があっても不思議ではない。

ただ、少年の心だけが矛盾している。

困っている子供を、紬は見捨てることができない。

「わかりました。お受けします」

「ありがとうございます」

深々とエンバーが頭を下げた。それは、形だけではなくて、本当に心の底からの感謝を込めたかのような仕草だった。

顔を上げて、次にエンバーが口を開こうとした瞬間だった。

「ごほっ、ごほっ」

エンバーが口を押さえて咳《せ》き込み始めた。

「お母さん！」

驚くグリント少年をエンバーが、大丈夫だと伝えるかのように片手で制す。取り出したハンカチで口を押さえて、さらに咳き込む。

すると、そのハンカチに赤いものが滲《にじ》むのが見えた。

意味するものは、吐血——

その認識が正しいことを、紬はフェリシアと視線をかわして確認した。

「ごめんなさい。あまり体の具合が良くなくて……」

咳《せき》が落ち着いてから、エンバーがそう言った。

「それと、後出しで申し訳ないのですが、もうひとつだけお願いがあります。こちらは断ってもらっても構わないのですが、できれば、ツムギさんがこちらで面倒を見られているお子さんを連れてきてもらえないでしょうか？　そのほうが、この子も楽しめると思うので」

となると、二歳のヘレナは難しいので、同じ年頃のレイチェルになるだろう。

しかし——

「それは難しいかもしれません。私の一存では決められないので、この家を取り仕切っているクレイル様への相談が必要です」

「構いません。そちらは必須《ひっす》ではないので。当日、どうするか教えてください」

彼女の要望としては、当日は基本的に紬にお任せするが、王都に来てまだ間もないので、外に連れていって欲しい、とのことだった。なので、いつ子供を預けるかだけを決めてエンバー親子は退散していった。

彼らの姿が消えてから、フェリシアが口を開いた。

「……あの人たちのこと、どう思う？」

「ううん……悪い人たちではない気がするんですけどね。まだ真意は読めない感じですね」

「レイチェルの件、どうしようか？　拒否されたって断っちゃう？　それでもいいみたいだったし」

「一応、クレイル様に相談したいです。なんというか、必死な感じはあるんですよ。勘ですけど、困っているんだと思います」

「そうね。わざわざ、ああ言ってくるのには訳がある。聡明《そうめい》なクレイルに相談しましょう。話す口実もできたしね……ま、あなたからの相談なら口実がなくても聞いてくれると思うけど」

「クレイル様はお優しい方ですからね」

「あらあらあら、そう解釈しちゃう？」

「え？」

その後、二人はクレイルの執務室へと向かった。クレイルは大量の資料を執務机に山積みにしていたが、嫌な顔ひとつせずに二人を招き入れた。

「どうしたんだい、急な相談って？」

「実は――」

紬はさっき起こったことをクレイルに説明した。話を聞き終えてから、クレイルが息を吐く。

「なかなか面倒なことになっているね」

「はい」

「ツムギとしては、エンバーさんたちの想《おも》いに寄り添ってあげたいと」

「きっと何か事情があるような気がするので」

「どう思うかな、姉さん」

「そうね、この場合、警戒するべきは誘拐かしら」

「誘拐⁉」

物騒な言葉に紬は目を見開いた。そんなもの予想すらしていなかったから。

「レイチェル様をですか⁉」

「可能性はなくもないが、レイチェルの同行はオプション条件だからね……それよりも、君だよ」

「へ？」

「君だよ、ツムギ。君は時の人だからね。伝説の育児メイドにして竜を退けた巫女である君の力を狙う人たちがいても不思議じゃないよ」

そんな力、何も持っていないんですけど⁉

「噂だけで誘拐されるなんて困ります！」

「どうかな？　君だけが君の魅力に気づいていないだけかもしれない」

「い、いやあ……どうなんでしょうねえ……」

どこまでも、それほどのもんじゃあないだろ、という思いが抜けきれない紬だった。

「そんな危険性もあるなかで、君は行きたいのかな？」

そして、こう続ける。

「断るのもひとつだし――なんなら、公爵家の権限で捕縛して全てを自白させてもいい」

「いえ、それは大丈夫です。行きます」

きっぱりと紬は言った。

そんなことはないだろう、と思っていたから。あのときのグリント少年の心の声は真剣だ。そこに邪念があるとは思えない。子供は素直なのだから。

「わかった。君がそう言うのなら止めない。ただ、我々としても手配はしておこう。当日、君たちの周囲に護衛を配置する。もちろん、話しかけるようなことはしないよ。緊急時のみ、だ。あと、門番たちにも、その親子のことを触れ回っておく」

これは公爵家としては当然の采配《さいはい》だ。相手を信じることと、ノーガードでいることは違う。当主として最悪の事態を想定して準備しているにすぎない。

「気をつけるんだよ、ツムギ」

「ありがとうございます！」


約束の日、エンバーがグリント少年を連れてファインツ公爵家にやってきた。

紬は、フェリシアとレイチェルとともに玄関で彼女たちを迎え入れた。三人の姿を見て、エンバーが静かな口調で挨拶《あいさつ》をする。

「本日はわがままを聞いてくださり、感謝いたします。グリント、あなたもお礼を言いなさい」

「あ、あり、ありがとうございま、す！」

グリントがぺこりと頭を下げた。あいかわらず緊張で全身がこちこちだ。

「それで、そちらのお子さんがついてきてくれるのですか？」

「レイチェル・ファインツです」

丁寧な仕草でレイチェルが挨拶する。この辺は、さすがは公爵令嬢という感じで、前世で見ていた幼児たちよりも洗練されていた。

だけど、基本的にメッキはその辺までしか貼られていない。

ニコニコ笑顔でグリントに近づき、

「よろしくね！」

と話しかけた。この辺の壁のなさは幼児らしさが全開だ。グリント少年は内向的なのか、あわあわしながら、小声かつ早口で「よよ、よろしく、お願いし、ます……」と答えた。

当然ながら、本日の件は事前にレイチェルに話していた。本人が気乗りしないなら無理はさせられないからだ。なんとなく断られるのかな、と思っていたら、意外と乗り気だったのだ。

「私が面倒を見てあげるから！」

ふふん、と鼻を鳴らしながら、そんなことを言っていた。

どうも面倒見が良い側面があるらしい。

「夜になったら引き取りにきます。それでは何卒《なにとぞ》よろしくお願いします。おとなしい子なので大丈夫とは思いますが、聞き分けがなければ叩《たた》いてもらっても構いませんので」

なかなかスパルタだが、こちらの世界では普通なのだろう。少し前の日本もそんな感じだったから。だけど、現代を生きていた保育士の紬に子供を叩くという選択肢はない。

「そうならないように頑張ります！」

エンバーが公爵家を立ち去った後、まず紬はレイチェルとグリントの服を着替えさせた。上質な服ではなく、そこら辺の庶民が着ているような服に。合わせて紬もメイド服から庶民服に着替える。

三人を眺めて、フェリシアが感想を口にした。

「うーん、まるでお母さんと子供たちみたいね」

「お、お母――⁉　ま、まあ、そうかもしれませんね……」

え、せめて、お姉さん⁉

そんな紬の心の叫びだった。まだ二〇代前半の現代日本で生きてきた紬にとって母親は遠い言葉だ。こちらの世界だと不思議ではない取り合わせなのも事実だが。

「へえ、いつもと違う感じの服だね！」

そんなふうに興奮してからレイチェルは首を傾《かし》げた。

「でも、どうして着替えたの？」

「街を練り歩きますからね。貴族の服を着ていたら浮きますよ」

エンバーの企《たくら》みとは別に、よからぬ連中に目をつけられて普通に誘拐されてしまいそうだ。

それに、これはエンバーが何かを企んでいても防衛になる。服装が変わっているので、誰かが暗躍していてもすぐには紬たちを突き止められないだろう。

という効果を、クレイルが説明してくれた。

（さすがです！　クレイル様！）

前にフェリシアが、

「あの子はすごく頭が良くてね、学生時代も首席で卒業したのよ。おまけに剣術も抜群で、社交性もある。公爵家期待の跡取り息子ってやつね。旦那《だんな》にするなら、なんの不満も出てこないんじゃないかしら？」

などと、なぜかやたらと熱心な調子で教えてくれた。

（おおおお、すごい！　さすがクレイル様、まさに雲の上のような遠い存在ですね！）

それがフェリシアから聞いたクレイル評への感想だった。

「では、行きますよー！」

大人一人と子供二人のパーティーが旅に出た。

最初の目標地点は公園だ。

たどり着いた場所は、レイチェルの部屋ほどしかない小さな公園だ。ちなみに、レイチェルの部屋は前世の三ＬＤＫ以上の広さがあるので、レイチェルの部屋が狭いという意味ではない。

公園として、狭くても問題はなかった。

そこにはブランコと滑り台があったからだ。

子供はブランコと滑り台があれば永遠に遊んでいられる存在なのだ。そこに貴族も平民もない。

そういう生き物なのだ。

「ブランコだあああ！」

レイチェルが大興奮して走っていく。小さな体躯《たいく》を動かして器用に乗ると、元気な声で言った。

「押して！」

「はいはい」

後ろに回ってレイチェルの小さな背中を押してやる。ぶぅんとブランコが振れて、レイチェルの体が弧を描いた。

「わーい！　楽しいー！　もっと！　もっと！」

喜びの声をレイチェルが上げる。そうすると、紬のテンションも上がってきた。

「それー！」

力いっぱいに押した瞬間、レイチェルの体がぐるんと高い位置まで上がる。悲鳴が響いた。

「待って待って、怖い！　怖い！」

「ああ、ごめんね！」

高く！　速く！　と戦闘機乗りのようなことを子供は口走るが、意外とその天井は低い。あんまり調子に乗って全力全開してやると、悲鳴があがる。伝説の育児メイドとしてはうっかりだった。

ブランコに揺られて弧を描いているレイチェルを眺めているグリント少年に紬は近づいた。

「どうしたの？」

「うーんと……すごいなあーと思って」

「すごいの？　ブランコが？」

「うん。乗ったことがないから」

まるで恥ずかしいものを告白するかのような調子だった。

（ブランコって、こっちの世界でも普通にあると思うんだけどなあ……）

なのに、グリントは乗ったことがないと言っている。とはいえ、王都以外のことを紬は知らない。王都に来たばかり、つまり他の土地に住んでいたグリントには珍しいものでも不思議ではない。

そんなふうに紬は納得した。

「じゃあさ、乗ってみる？」

「ええ!?　大丈夫かな？　怖くないかな？」

「大丈夫だよ～。楽しいよ～」

水の中に人を引き摺《ず》り込む妖怪《ようかい》のような調子で紬は言った。無理強いする必要はない。軽く誘うだけでいい。そこに紬は気づいていた。なぜなら、グリント少年はブランコに興味津々だから。

「じゃ、じゃあ、乗ってみようかな……？」

「ツムギー、押してえええ！」

そんなことをレイチェルが叫ぶ。するとグリント少年は表情を固くした。

「ええと……レイチェルちゃんが終わってからでも良いですよ？」

「遠慮しなーい、遠慮しなーい」

「わわ!?」

紬はグリント少年の体を両手でひょいと持ち上げて、ブランコに乗せた。もう五歳児はかなり重いのだが、紬は昔から体力には自信があるので少しの間くらいなら問題ない。

「気にしないで！　ブランコは二人くらい余裕で回せるから！」

ちなみに、紬の最高記録は四人同時だ。五人同時のブランコを見たことがないだけだが。

「それー！」

「わああ！」

本当に初めてのようで、グリントはおっかなびっくりという様子でブランコの鎖を握っている。

自身もブランコに揺られているレイチェルがそんな様子のグリントに声をかけた。

「グリント君、怖い？」

「ええと、ええと、いえ、楽しいです！」

「そおおれえええええええ！」

間髪をいれずに紬が背中を押す。

「ひゃあああああああああ！」

「ずるいよー、私も押して、押して、ツムギ！」

「わかりました！」

紬は左右を素早く移動しながら、グリントとレイチェルの背中を押し続けた。グリントも慣れてきたようで、二人はきゃっきゃっと声を上げて楽しんでいる。

（ふふふ、いいな）

喜んでいる子どもの姿を見ていると、紬は幸せになる。存分にその幸せを楽しんで欲しいと思ってしまう。なぜなら、いつかその幸せは感じられなくなるから。

（どうして、ブランコってあんなに楽しかったんだろうなあ）

たまに乗ってみると、少しだけテンションが上がるのも事実だ。でも、子供たちのように『それだけあれば幸せ！』というほどには楽しめない。

それが子供ではなくなっていく、ということならば、子供のうちは子供のときにしか味わえない

『楽しい！』で全てを埋めて欲しいと思っている。

そのための手伝いであれば、紬はなんでもするつもりだ。

「ツムギ、ブランコ、止めて！」

「いいですよー」

ブランコを止めると、レイチェルは「滑り台で遊ぶ！」と言って走っていく。グリントも「僕も！」と言うので、ブランコを止めてあげると滑り台へと移動した。

階段を登り切ったレイチェルが手を振る。

「ツムギ！」

「はーい！」

紬も手を振りかえした。

レイチェルとグリントがおかしそうに笑い声を上げて順に滑り落ちてくる。二人は足早に階段のほうに回っていき、再び滑り台を登っていく。

ああ、なんて楽しそうなんだろう。今この小さな公園には幸せだけが満ちている。何を以《も》って完《かん》璧《ぺき》とするのかは難しいけれども、きっとこの空間は完璧なのだろう。

（うん、いいなあ）

この時間を眺めるのが、紬は大好きだった。

「ブランコー！　ツムギ、押して！」

「わかりました！」

滑り台で何度か遊んでいたレイチェルたちがブランコに戻ってきたので、再び押してあげる。ブランコはさっき散々やったよね？　と思うのだが、子供には関係ない。また、楽しいのだ。それを楽しめるのが、きっと子供の特権なのだ。

他にも、公園の周りに生えている植物を三人で眺めたりしながら、ゆったりとした時間は――でも、あっという間に過ぎていく。

「お腹《なか》がすいたー」

レイチェルがお腹を押さえた。いつの間にか、もう昼食の時間になっていた。

「じゃあ、ご飯を食べにいきましょう！」

公園からしばらく歩き、紬は王都のメインストリートのほうにやってきた。この辺になると、平民の数も増えてきて、多くの人たちが行き交いしている。

「何を食べるの？」

「ええと、ですね……あそこでどうですか？」

そこには『チキチットバーガー』と看板に書かれた店があった。

レイチェルたちをテラス席のテーブルに座らせて、紬は店内に入っていく。チキンバーガーセットの小を三つ頼んだ。出てきたものは、グリルした玉ねぎと鶏肉《とりにく》にたっぷりと濃口のソースをかけて、レタスの葉っぱと一緒に手のひらサイズのパン二枚で挟んだ食べ物だ。

平たくいえば、ハンバーガーだ。

それにフライドポテトとオレンジジュースまでついてくるので、まさに現代日本でも愛されているザ・ファストフードだ。

さすがに世界を席巻するだけあって、子供の味覚にも受け入れやすくできている。好き嫌いが多い子でも、ハンバーガーは食べられることが多い。

(たまには、こういうのもいいんじゃないかな)

貴族であるレイチェルはいつも家で『すごく整ったもの』だけを食べている。

平民が食べているもの——ただ、こちらの世界的には、これでもご馳走《ちそう》になるのだけど、それを食べるのも勉強になるだろう。

「お待たせしました」

「わあ、何これ⁉」

「いい香りですね！」

レイチェルとグリントが口々に騒ぐ。期待の高さで瞳《ひとみ》がきらきらと輝いている。

「これはですねー、チキンバーガーといいます。こちらはフライドポテトです。できたてで熱いから、気をつけて食べてくださいね？」

そこでレイチェルがキョロキョロとした。

「ツムギ、これはどうやって食べるの？　フォークとナイフは？」

「これはですね、手で食べるんですよ」

バーガーを覆う包み紙を手に取って、紬はガブリとかぶりついた。

「こんな感じです」

「悪い子だ！」

「えへへ、そうですね。でも、今日は大丈夫です。クレイル様も許してくれましたから」

嘘《うそ》ではなく、一応、了解を得ている。クレイルはレイチェルの経験になるだろうと喜び「むしろ、私も行ってみたいくらいだな」と笑っていた。

「じゃあ、いいかな！」

ぱくり、とレイチェルが食べて、満面の笑みを浮かべた。

「おいしいいいいいいい！」

「おいしいです！」

一緒に食べたグリントも満足げな声を出す。

（よし！）

紬は心の中でガッツポーズした。散策が好きな紬は、わりと王都を歩いている。ほとんどの行動が貴族街で完結する貴族たちよりも、ひょっとすると詳しいかもしれない。安くておいしい店探しは趣味になっていて、この店はお気に入りのひとつだ。

二人の子供たちは満足げな様子で食べていく。しかし、レイチェルは半分ほど残してしまった。

「おいしかった！　お腹いっぱい〜」

「もう食べなくても大丈夫ですか？」

「うん！」

「じゃあ、いただきますね」

そう言って、紬はレイチェルが残したものを口にした。子供が食べきれないことは想定の範囲内。ゆえに、紬は自分のものも『小』にしておいたのだ。

（もったいないからねー……。大人の一人前を食べて、子供の食べ残しも食べるとカロリーが……）

深刻な問題である。

一方、グリントのほうに視線を送ると、彼は最後まできっちりと食べていた。

「おいしかった？」

「はい！　とっても！」

美味の余韻に浸りながら、少年がにこにこと笑みを浮かべていた。それだけで紬は、ここに来た甲斐《かい》があったなあ、としみじみと思ってしまう。

お腹も満腹になり、体力も回復した。

そんなわけで、紬たちは店を出て次の場所へと向かった。

「ねえねえ、ツムギ！　今度はどこに行くの？」

「賑《にぎ》やかな場所に行きましょう！」

たどり着いたのは、王都でも有名な商業ストリートだった。大小さまざまな店が並び、数多くの商品が販売されている。もちろん、客の数も多い。彼らを呼ぼうとする店員の声も威勢がよく、活気に満ちている。

「わあ、すごい人の数！」

「はぐれると大変ですから、私の手を握ってください」

「「はーい！」」

レイチェルとグリントの小さな手を両手で握り、紬は歩き出した。この辺もまた、紬がよく来るところで、安くていいものを探すのが楽しい。王都では有名なスポットだ。

レイチェルもグリントも物珍しそうな様子で色々と見回している。特に当てもない散歩なので、彼らが興味を持った店を眺めつつストリートを歩いていく。

「グリント君、どう？」

「すごいです！」

グリントは物珍しそうな表情で視線をあちこちに動かしていた。

（うんうん。こういうのも楽しいよね）

子供たちが興奮している様子に、紬はひっそりと満足していた。

ストリートの中ほどまで来たときだった。

「あ！」

レイチェルが足を止めた。その店には綺麗《きれい》なドレスが道から見える位置にディスプレイされていた。その華やかさに興味を惹《ひ》かれたのだろう。

（……意外と高級かも……）

公爵家で働いているため、その辺の感覚もついてきた。贅沢《ぜいたく》なものなら見慣れているレイチェルが思わず足を止めるのも納得できる。

この辺にしては、わりと高級な店なのだろう。

「かわいいね、あのドレス！」

「そうですね」

そんなことを話しながら眺めていると、横から耳障りな声が聞こえてきた。

「なんだぁあ？　おいおい、貧乏人ども、ちゃんと値札を見ろよ。お前らに買えるもんじゃねえよ。立ち止まっていたら邪魔だから、どけよ」

声のほうを振り返ると、赤ら顔の中年男が立っていた。ひどく酒に酔っているのは、臭いと足取りの危うさでわかった。

だが、ただの酔っ払いでもない。着ている服が平民のそれとは明らかに違う。最上級品とは思わないが、それなりの値段なのは間違いない。おそらくは、貴族。

今の状況で相手をするのは得策ではない。ここは謝って立ち去るべきで——

「失礼ね！」

紬の横に立つ、小さなレディが怒りの声を上げた。

「貧乏人⁉　私は公爵家の人間なんだから！　何よ！」

「はっはっはっは！　公爵家！　実に笑えるなあ！　お嬢ちゃんの夢かあ？　俺はな、ゴルテン男爵！　貴族だ！　だからな、知ってるんだよ。公爵家の人間はな、そんな平民服を着てないって！」

「な——⁉」

屈辱のあまり、レイチェルの顔が真っ赤になった。

足を止めて見守る人たちには、女子供に暴言を吐く男を止めようという気配もあったが、貴族という名乗りで一変する。横暴な貴族と関わり合いを持ちたくない、という平民の気持ちは仕方がない部分もあるのだ。

今にも泣きそうなレイチェルの様子を見て、紬は腹を決めた。

ごめんなさい、こちらが悪かったです、という大人の対応が正しいと思えない。

ゴルテン男爵を強く睨《にら》みつける。

「謝罪してください！　あなたにそこまで言われる筋合いはありません！」

「はあ⁉　男爵様だぞ？　ふざけた口をきくなよ、平民！」

いきなり男は前に踏み出すと、紬に向かって片手を勢いよく振り上げた。

（――！）

衝撃を予想して紬は目を閉じる。

しかし、予想した衝撃は訪れなかった。不思議に思いながら目を開くと、ゴルテン男爵の右手首を、何者かの右手がつかんでいた。

「……当家の人間を傷つけようとする行為を見逃すわけにはいかない。さて、どのような正義がそちらにあるのか、教えてもらえないだろうか」

氷のように冷たい声が響く。

そこには怒りの感情を瞳にたたえたクレイルが立っていた。

「あんだあ、お前は⁉」

ゴルテン男爵が右手を引き戻し、クレイルと対峙《たいじ》する。男爵の目は怒りに燃えていたが、どこか余裕があった。クレイルの服装もまた、紬たちのそれと変わらない平民のものだったから。

「俺はゴルテン男爵だぞ！」

「では、私も名乗るのが礼儀かな。クレイル・ファインツだ」

「ファインツ……？」

この段において、ようやくゴルテン男爵の顔に動揺が生まれた。

「まさか、公爵家の――⁉」

「その通りだ」

「は、ははは！　嘘だ！　公爵家がそんな格好をするはずがない！」

「目立てない理由があってね、この格好をしているんだ」

そして、腰に忍ばせていた短剣を鞘《さや》に収めたまま外し、男の眼前に突きつける。鞘にはファインツ公爵家を示す、鷹《たか》の家紋が彫り込まれていた。

「公爵家の家紋に見覚えはあるかね？」

「……！　そ、そんなもの、偽物だ！」

だが、男爵の声は震えていた。それが真実であることを、薄々と理解している様子だった。

そして、それが真実であれば――

男爵家など公爵家の前では塵《ちり》にも等しい。

「なかなか信じてもらえないね」

「クレイル様」

クレイルの近くに部下と思《おぼ》しき若い男が立った。

その姿勢の良さからして、騎士としての訓練を積んだ人間であろう。

「らちがあきませんから、この男、ひっ捕えましょうか？」

「そうだね、それも悪くはないけど――」

クレイルは半身になり、背後に視線を向けた。

姿を見せた男だけではない。同じような数人の男たちが敵意の視線を向けている。

「男爵、そろそろ、私の言っていることが本当だとわかってくれたかな？」

「は、はい……」

「ちなみに、君が侮辱したのは私の妹、君が叩《たた》こうとしたのは当家のメイド、そこにいる少年は私の客人だ。君の行為は最初から全て見ている。立場を利用して平民をいたぶる――それが王家の代理人たる貴族としての行いかね？」

「い、いえ、その……酒を呑《の》んで魔が差した、と言いますか……」

「余罪がないか調査させてもらおう。今日はもう君の顔を見たくはない。帰ってくれないか？」

「あの、公爵様、違うんです、今日は――」

「帰ってくれないか？」

「は、はいいいいいいいいいいいいいいいいい！」

一瞬にして酔いが覚めたゴルテン男爵は、文字通り脱兎《だっと》の如《ごと》く逃げ出した。

痛快なる一撃に、周りの人々が喝采《かっさい》を送る。

「わあああああああああああああああああ！」

「クレ兄《にい》！　クレ兄！　すごいよおおおおおおお！」

そんな歓声の中、クレイルが心配げな視線を紬に向けた。

「大丈夫かい？」

「ありがとうございます！」

「礼には及ばない。言っただろう？　何かがあれば駆けつけると。思っていたのとは違ったけど」

クレイルが小さく笑う。

――当日、君たちの周囲に護衛を配置する。もちろん、話しかけるようなことはしないよ。緊急時のみ、だ。

どうやら、その護衛にはクレイル本人も参加していたらしい。

「まさか、クレイル様がいらっしゃるなんて……」

「君の言っていたチキンバーガーが食べたくてね。つい出てきてしまったんだ。おいしかったよ」

「チキンバーガーの話をしておいてよかったです」

そこでレイチェルが声を上げた。

「あの人どうするの⁉　死刑⁉」

「ははは、さすがにそれはね……まあ、できなくもないけど」

さらっと恐ろしいことを付け加えるクレイルだった。

「どちらかというと平民を恫喝《どうかつ》していたことが問題だな。そういう輩《やから》はいるんだよ。今回だけなら叱責ですませるけど、それ以上なら減俸かな。もう出世は絶望的だろうけど」

「ええ、死刑がいい！」

「あんまりそういう言葉を口にしちゃダメだぞ、レイチェル」

そんな会話を聞きながら、紬はふと自分の右手にあったはずの体温がなくなっていることに気がついた。グリントの手を握っていたはずなのに。

（……あれ、グリント君は……？）

目を動かすと、すぐ近くにグリントがいた。

だが、その様子がおかしい。

「あ、あ、あ、あ……」

まるでそれは、何かに怯《おび》えているかのような。

その視線は一直線にクレイルを見つめていた。明らかに異常だった。なぜなら、それは自分を助けてくれた恩人を見る目ではなかったから。

それは、己を害した人間を見る目だった。

（……え……？）

そのとき、少年の感情が紬の心に溢《あふ》れてきた。

映像だった。

その強烈すぎる記憶が、紬にも伝染してきたのだ。

夜の闇——それを照らす魔法の明かり——多くの騎士たち——鎧《よろい》で武装し、剣を握っている——

彼らの顔を染めているのは、怒りと殺意——皮膚から染み込んでくるような恐怖——

映像が揺れて、地面を舐《な》めるようなアングルになった。

——おおおおおおおおおおおおおおおおおお！

そこへ一人の騎士が雄叫《おたけ》びを上げて走り込んでくる。

剣の切先をこちらに向けて。

鬼気迫るその顔には見覚えがあった。その瞬間、紬ははっと我に返る。

（クレイル様⁉）

紬は瞬時に映像の意味を理解した。

この光景を見ている存在なら心当たりがある。グリントの正体は——

クレイルがグリントに目を向けた。にこやかな笑みを浮かべて右手を差し出す。それは心の底から、子供の不安を取り除こうという行為だった。

「悪かったね、怖い思いをさせて。でも、もう大丈夫だよ。安心して」

「あ、待っ――！」

慌てて紬が止めようとしたが、すでに遅かった。

「ううう、うわあああああああああああああああああああ！」

グリントが大きな悲鳴をあげた。

ばたりと地面に崩れ落ちると同時、その肉体がゆらゆらと揺れる。

あっという間に人の形は崩れ去り、そこには一メートルくらいの小さな竜が横たわっていた。

「――な⁉」

クレイルが絶句する。衝撃はそこで止まりはしなかった。

見物人たちが悲鳴をあげる。

「トカゲ？　いや、羽がある……？」

「竜だ！　ドラゴンだ！」

「モンスターだ！　逃げろ、殺されるぞ！」

一瞬にして状況が混沌《こんとん》とする。この騒ぎを放置すれば、すぐに衛兵たちがやってくるだろう。そして、彼らはモンスターでしかない、グリントの姿を発見する。

そうなれば、どうなる？

（まずい……！）

紬は背中に冷たいものを感じた。

「クレイル様！」

クレイルの部下たちが慌ただしく動き、主人を守ろうと前に立つ。

クレイルが紬たちに向かって叫んだ。

「早く！　こっちに来るんだ、ツムギ、レイチェル！」

紬はすぐに動けなかった。

直感が、それは違うと叫んでいたから。ここで自分たちだけで逃げれば安全なのは間違いない。

だけど、グリントはどうなる？

クレイルの部下たちが手を下さなくても、やってきた衛兵に気を失ったまま捕獲されるだろう。

その未来は正しいのか？　いや、そんなはずはない。

ブランコを楽しんでいたグリントの楽しげな声も、チキンバーガーを食べていたグリントの笑顔も紬には大切なものだ。それをここで、邪魔者のように切り捨てることなんてできない。

人間が怖くても、ここに来てくれたグリントの勇気を無駄にしないために！

紬を信じて息子を託してくれたエンバーの想いに応えるために！

（ここは私がなんとかするしかない！）

覚悟を決めた紬は開いた両手のひらを頭上に掲げ、大きな声で叫んだ。

「ピクチャー！」

ぱちり！　と大きな音を立てて、紬の両親指を結んだ線を底辺とした大きな映像が浮かび上がった。そこには驚いた顔の見物人たちが写っている。三ヶ月の修業を経て、紬の魔法はかなり大きなものまで撮影できるようになっていた。今のところ、ピクチャー以外は使えないのだけど。

「な、何を……？」

驚くクレイルがつぶやく。

紬はにっこりと笑って、こう続けた。

「映像魔法のピクチャーでーす！　皆さんの姿を撮りました。私は幻影を生み出せるんですね！」

生み出した映像をパッと消して、紬は一気にまくし立てた。

「子供からドラゴンへの早替わりも私がやりました！　どうですか、私の魔法、すごくないですか⁉　楽しんでいただけましたか⁉」

その瞬間、一瞬にして空気が弛緩《しかん》するのを紬は感じた。

クレイルだけは警戒を解いていなかったが、彼を除いた人々は露骨に肩から力を抜いていた。

「な、なあぁあんんだあぁ……」

「まさか、ただのイタズラかよ！」

「面白かったけど、人騒がせだよなあ」

感心する反面、迷惑だろという声も上がってくる。このままクローズすれば問題ないが、もしも、糾弾の声が勝ってしまうと――

（うううううううう！）

紬は祈るような気持ちだった。もうサイコロは振ってしまった。出目を待つしかない。紬にできる手立てはもうないのだ。

そのとき、人々の後ろから鋭い声が飛んだ。

「なんだ！　この騒ぎは！」

衛兵たちがやってきた。彼らに見物人たちが応じる。

「いや、そこのお姉ちゃんが、魔法で竜を出して、みんなをびっくりさせたんだよ」

「なんだと、そんな許可は与えていない！　迷惑行為か！　おい、お前！」

ずんずんと衛兵たちが人をかき分けて近づいてくる。

（ひいいいいいいいいいいい！）

これは逮捕されて死刑コースですか⁉　そんなことが紬の頭によぎった。

「待ってもらおう！」

そのとき、クレイルが声を上げた。

「私はファインツ公爵家の嫡男クレイルだ！　彼女は当家のメイドをしている。今回の催しは、当家で考えたイベントなのだ。いつもと変わらない休日に、少しの刺激を与えて皆さんに楽しんでもらおうと考えた！　行きすぎたのであれば、その責めは私が負おう！」

もちろん、そんな話はない。クレイルもまた、覚悟を決めて紬のデマカセに乗ったのだ。一瞬、合った視線には、あなたを信じるという強い意志が込められていた。

かけつけた衛兵たちが面食らった表情を浮かべた。

「ええと、本当に？」

「……ああ。申し訳ないことをした。喜んでもらえると思ったのだが、こんな騒ぎになるとは」

そう言って、クレイルが深々と頭を下げる。

公爵家のお辞儀に衛兵たちが慌てた。

「そんな！　頭をお上げください！　怪我人《けがにん》も出ておりませんし、特に問題視はしておりません。ただ、今後は事前に確認をしていただければと思います」

「わかった。気をつけるとしよう」

そこで話は終わった。

衛兵たちは立ち去り、見物人たちは人の流れとなってストリートを歩いていく。

「ふぅ、これでよかったのかな、ツムギ？」

「はい。話を合わせてくださって、ありがとうございます」

「君を信じることにした。後で詳しく話してもらえるのかな？」

「はい、もちろんです」

「では、差し当たって、彼をどう運ぶか、だな……」

クレイルの視線の先には、気を失ったままの竜の姿がそこにあった。


結論としては、商店が保有している荷車を売ってもらい、それを使って公爵家まで戻った。上からかぶせる大きな布も用意しておいたのでバレる心配もない。

クレイルの執務室と繋《つな》がっている部屋に搬送し、床にタオルを敷いて寝かせることにした。

「私は隣の部屋にいるから、何かあれば呼んで欲しい」

そう言って、クレイルたちは部屋から出ていった。

残ったのはメイド服に着替えた紬と竜だけだった。

そう時間も経たないうちに竜の体に異変が起きた。ゆらゆらと体が揺れて、あっという間に人の姿に戻ったのだ。ちなみに、変身前に来ていた服も元通りだ。

「う、ううん……」

グリントがゆっくりと目を覚ます。

見知らぬ風景に驚いたのか、ガバリと身を起こして周囲を見渡す。その目が紬をとらえた。

「ツムギ、ここは……？」

「ここは公爵家の家よ、グリント君、いえ、リオン君……かな？」

紬の声を聞いた瞬間、グリント――リオンは顔色を変えた。

「ええと……あの後、僕は……？」

「ドラゴンの姿に戻っちゃった」

「ああ！」

そう言って、リオンは頭を抱えた。

「お母さんに言われていたのに！　気をつけるようにって……！　あんなに多くの人に見られるなんて！」

「大丈夫だよ、ごまかしてはおいたから。本物のドラゴンだって知っている人は、この家の人だけ」

「よ、よかった……」

ほっとした様子のリオンに、紬は言葉を投げかけた。

「君はリーリエの実を取りにきた、あの幼竜なんだよね」

「……はい」

これで少年の正体と、母親エンバーの正体がわかった。だけど、それは謎の森の入り口でしかない。それ以外の全てがまだまだ闇に包まれている。

「どうして、こんな回りくどいことを？　正体を明かしてくれてもいいと思うんだけど……」

それが一番わからない。あの日、一定の信頼を勝ち得たと思っていたのだけれど。教えておいてくれれば、もっと適切な対応ができていただろうに。

「ええと、それは……お母さんが来てからでもいいですか？」

「うん、大丈夫。構わないよ」

そのときだった。

ドアをノックする音に続き、クレイルの声がした。

『私だ、ツムギ。話し声が聞こえてきたんだが、少年が目を覚ましたのか？』

「はい！」

『……彼と話をしたいのだけど、いいかな？』

紬は少年の顔を眺めた。

「クレイル様が会いたいようだけど、どうかな？」

「あ、いや、そ、その……」

クレイルの名前を聞いた瞬間、少年の顔が青ざめる。

当然の反応だな、と紬は思った。

「クレイル様。まだ、気分がよくないようなので、後日のほうがよろしいかと」

『……わかった。なら、ここで独り言を言わせてくれ』

一拍の間を置いてから、クレイルが続けた。

『君はあの幼竜なのだろう？　君がどうして私の姿を見て動揺したのか、推測はできる。だから、これだけは言わせてくれ。すまないことをした。本当に後悔している。この家にはいつまでも滞在してくれていい。君の安全はファインツ公爵家の名に誓って守ると約束しよう』

ドアの前にあった気配が離れていく足音がする。

クレイルの言葉を驚きの表情を浮かべて聞いていたリオンが紬に目を向けた。

「あ、あの……、あの人と話をしてもいいですか？」

「大丈夫？　無理しなくてもいいよ？」

「いえ、今がいいかな、と思いました。僕も……謝らないとダメだから」

「わかった。無理そうなら、すぐに止めるから言ってね？」

紬はドアを開けてクレイルに呼びかけた。

「あの、ドラゴンの少年が会いたいと言っています！」

「わかった」

足を止めたクレイルが戻ってくる。開いたドアの前に立ち、リオンと相対する。リオンの顔は蒼《そう》白《はく》で、目にはいまだに怯《おび》えがあったが、その感情に抗《あらが》おうという強い意志があった。

だけど、言葉は出てこないようで、体を硬くしてクレイルを見つめている。

クレイルはリオンの前まで進み、膝《ひざ》を折って視線の高さを少年に合わせた。

「機会を与えてくれて、ありがとう」

じっとリオンの目を見つめて続ける。

「私の気持ちは、さっき話した通りだ。申し訳ないことをした。許して欲しい」

「あの、その……それは仕方がないことだと思います！　あのときの僕たちは、何もわかっていませんでしたから。僕も悪いんです。僕も、皆さんに攻撃しましたから……」

幸い、聖女の怜がいたおかげで死者はいなかったが。

「君は優しいね」

そう言って、クレイルがリオン少年の肩を叩《たた》いた。

「少しずつ時間をかけてわかり合おう。君が心からの笑顔を私に向けてくれる日を楽しみにしている」

まだ強張《こわば》っているリオン少年の顔に笑みを投げかけて、クレイルは執務室に戻っていった。

そして、陽《ひ》が落ちて夜になり――

「本日はありがとうございました」

リオンの母エンバーがファインツ公爵家に姿を現した。


客間でテーブルを挟んで向かい合ったのは四名。

紬とクレイル、そして、エンバーとリオンだ。

本日のお礼を丁寧に述べた後、エンバーはリオンに向かって今日の感想を尋ねた。

「グリント、今日はどうだったの？」

「とっても楽しかったよ。ツムギにはよくしてもらったし、レイチェルちゃんも仲良く遊んでくれたんだ」

その言葉には偽りはなく、リオンの表情は晴々としていた。

あのことが起こるまで、全ては順調で確かに完璧《かんぺき》な時間だったのだから。

「そう、ならお母さんは安心したわ。この子はよくいうことを聞きましたか、ツムギさん？」

「そうですね、とても聞き分けがよく、苦労しませんでした。聡明《そうめい》なお子さんですね――」

そこで、紬は一石を投じた。

「リオン君は」

まるで水面の波紋が広がりきるのを待つかのように沈黙が続き、やがて、エンバーが口を開く。

「もう、そこまでわかっているのですね」

その声はどこまでも落ち着いていて、慌てた様子はなかった。

「でも、問題はありません。今日この場で明かすつもりでしたから。ただ、気づいた経緯をお尋ねしても構いませんか？」

紬は今日のことを詳しく話した。

そして、クレイルの姿を見て、人に化ける術が解けたことも――

小さくクレイルが頭を下げた。

「私は、夏の夜にリオン少年と戦った騎士です。だから、怯えさせてしまったようです」

「そう……そこは考慮していませんでしたね。でも、ツムギさんが身を寄せているのだから、可能性は検討しておくべきでした」

そこで息子に目を向ける。

「……では、ここにいるのは息苦しいのかしら？」

「ううん、大丈夫！　お兄さん、謝ってくれたし……仲直りしたから！」

「そう、あなたが気にしないのなら、それでいいけど」

そこで、エンバーが「ごほっ、ごほっ」と咳《せ》き込み、再び口に当てたハンカチを赤く染めた。

「……ふぅ」

「あの、大丈夫ですか?」

「ええ、話に戻りましょう。それで、あなたたちが思うことはこうでしょうね。どうして、そんな回りくどいことをしたのか?」

「はい。教えていただけますか?」

「理由はとても単純で、この子を預かって欲しいと思ったから。ただ、あなたたちが預けるに足る人間かどうかを試す必要があります。そのため、全てを伏せて接近することにしました。こちらの家の子供を同行させて欲しいと頼んだのは、その子ともうまくやっていけるかを見たいと思ったからです」

「リオン君を預けたい……病のせいですか?」

「ひょっとして死にそうだと思っています?」

イタズラっぽくエンバーがほほ笑む。

「むしろ、逆ですよ。リーリエの実のおかげで回復しました。以前はもっと酷《ひど》かったですからね。これくらいの吐血なら楽なものですよ」

「そうなんですか?」

「本当に、死ぬ寸前でしたからね」

ふふふ、とエンバーは笑うが、笑っていいのかどうかわからず、紬は反応に苦労した。

「いずれ、それも癒えるでしょうが、スティーマに残っている損傷が激しく、ゴルティアで休息を取る必要があります」

急に意味不明な言葉が出てきて紬は混乱した。

「ええと、スティーマ？　ゴ、ゴルティア？」

「ああ、すみません。竜族の用語ですね。スティーマは『存在』のような意味で、ゴルティアは……そうですね、故郷に近い……『竜たちが生まれる源流』くらいでしょうか。これ以上は補足できません。人間の感覚にはない概念です」

「お、おお……」

「とりあえず、病を癒すために祖国に帰るくらいの意味でいいんじゃないかな？」

頭の許容量を超えかけていた紬にクレイルが助け舟を出す。エンバーが頷《うなず》いた。

「そうですね、正しくはありませんが、そう間違えてもいません」

「リオン君を私たちに預けて、治療に専念する感じでしょうか？」

「それだけではありません。幼いリオンはゴルティアに渡る術《すべ》を持ちません」

「ええと……遠いから、とか？」

「遠い――その表現も一面では正しいのですが、適切ではありません。精神世界というか、次元の違う世界というか……そういう場所にある世界なので……普通には行けません」

「は？」

なんだか途方もない話になってきて、紬は偏頭痛を覚えそうになってきた。

（と、とりあえず……重い病を治すためにお母さんはアメリカに渡るから、息子さんを預かる必要がある、という理解でいこう！）

これ以上の深入りを避けようと紬は強引にまとめた。

そこでクレイルが別の問いを投げかける。

「我々ではなく、別のドラゴンのほうがいいのでは？　同じ種族なのだから」

「あなた方、人間たちのドラゴンに対する理解は浅い。ドラゴンとは実に複雑で――意志を持った自然現象と呼ぶべきものです。それは超然であり、泰然。命を慈しむ、という期待をするのなら、ドラゴンよりも人間のほうが期待できます」

またしても紬は詩的な表現に幻惑されそうになったが、

（お、おそらく、ドラゴンは変人ばっかりだから子供を預けるのが不安、という意味！）

と解釈した。そんなに間違っていない。

「昔、私は人の里で暮らしていたことがあります。調香師の技はそのときに身につけたものです。そのときに触れ合った人々との記憶と――あの夏の夜、私に示したツムギさんの真心を信じてみようと思います」

身の引き締まるような想いだった。母から子供を託される重さを、紬は知っている。その母親が向ける信頼の強さでもあるのだ。

「お任せください、頑張ります！」

と答えてから、順番が違うことに気づき、クレイルに慌てて目を向けた。

「あっ、すみません！　まだ預かるって言っていませんでしたよね!?」

クレイルが笑いながら肩を揺する。

「ツムギがやる気を見せた以上、もう断れないだろう。君が嫌でなければ、別に構わないけど――というか、確認するのは私よりもまずエンバーさんだよ。子供を預けるに足るか試しているんだから。不合格かもしれないだろう？」

「あああああああああああああ！」

紬は頭を抱えた。どうにも先走りすぎている。しかも一段階ではなく二段階も飛ばしていた。困った目をエンバーに向ける。エンバーは薄く笑みを浮かべて応じた。

「リオンのこと、よろしくお願いします」

「ツムギ、よろしくね！」

リオンが喜びの声を上げげた。

これにて大きな問題は片付いた。弛緩《しかん》した空気が流れる中、クレイルが口を開く。

「二つほど疑問点があるのでお尋ねしたいのだが」

「構いませんよ」

「まず、リオン君のことだが、どうして体長が小さくなっているのかな？　夏に見たときは、もっと大きな、見上げるような竜だったと思うのだが」

確かに、前は数メートルはありそうな大きさで、離れた別荘からも姿が見えるほどだった。だけど、商業ストリートで見せた姿は一メートルほどの、子供のようにかわいいサイズだ。

「竜の体は自由に大きくすることができます。もちろん、年齢と力による限界はありますが。夏のときは警戒していたので、リオンは体を大きくしていたのでしょう。そのほうが力を増しますので」

「そんな、ことが――」

驚くクレイルに、エンバーが不敵な笑みを向ける。

「言ったでしょう？　ドラゴンとは意志を持つ自然現象のようなものだと。その姿は曖昧《あいまい》で、人のように確たるものではないのです」

ドラゴンって奥が深い！　そんなふうに紬は思った。

「では、もうひとつ質問だ」

クレイルが続ける。

「ドラゴンの姿でリーリエの実を取りにきたから採《も》めた。リオン少年は人語が喋《しゃべ》れないからな。だが、今ならば人と会話できる。人の姿で取りにきていればよかったのでは？」

「まず、この術は非常に複雑で、リオンには扱えません。私にしか使えないのですが、当時の私は死に瀕《ひん》しており、それだけの力すら残しておりませんでした」

間を置いてから、エンバーが続ける。

「また、当時の私は死んでも構わないという気持ちでいました。それが自然の決めたことならば、従うまでと。特に延命を望んではいなかったのですが――まだ生体に近い息子はそうではなかったようですね」

エンバーに視線を向けられて、リオンは態度を決められずにオロオロした。その仕草が少しばかりほほ笑ましくて、紬は温かい気持ちになった。

（こんなにかわいい小さな子がいても、死んでもいいと思うんだ）

その辺が紬には理解できなかった。なんとなく、子供のために助かろうとするのが普通に思えたから。だけど、エンバーは言っていた。ドラゴンとは意志を持つ自然現象のようなものだと。そして、人とは違う思考を持つとも。

（ドラゴン、奥深いなあ……ちゃんと保育できるかなあ）

そんな微妙な不安を抱えながらリオンを眺めると、目が合ってしまった。リオンはそれが嬉《うれ》しかったようで、声こそ出さないが笑顔を倍増させる。

（ううん、かわいい！　大丈夫！　いける！）

リオンの笑みだけでエネルギーチャージした紬は弱音を吹き飛ばし、やる気に満ちた。単純な人間だが、それゆえの強さもまたあるのだ。

「今日はこの辺で失礼いたします。出発の日が決まりましたら、またご連絡いたします」

そう言って、エンバー親子は屋敷を後にした。

終章

数日後、別れの日が訪れた。

今日を境にして、エンバーは故郷ゴルティアに戻る。息子のリオンを紬たちに託して。

「せっかくですから、お別れ会をしましょう！」

そんな紬《つむぎ》の発案が採用された。そんなわけで、この件に関わったメンバー――紬、クレイル、レイチェル、フェリシア、フェリシアの娘ヘレナ、エンバー、リオンと数名の護衛を加えて王都の近くにある丘へと散策に向かう。

晴れ渡る空の下を進んでいき、目的の場所にたどり着いた。

「わー、綺麗《きれい》ですね！」

高い位置から王都を見下ろす風景を紬は楽しんだ。普段は見ない光景に子供たちも楽しげな様子で興奮している。

草原をリオンとレイチェルが駆け回り、えっちらおっちらと怪しい動きで二歳のヘレナが二人についていく。愛娘《まなむすめ》のそんな様子を、フェリシアが後ろについて歩きながら眺めている。

色々とあった避暑地の夏から時間も経《た》ち、今はもう冬だ。肌寒い日々ではあるけれど、今日はいつもよりも日差しが暖かくて過ごしやすい。

どこまでも広がるのどかな雰囲気が心地よく、紬は幸せな気分に浸っていた。

「やあ、ツムギ。今回も――というか、ずっと大変だったね。お疲れ様」

クレイルが声をかけてきた。

「ありがとうございます。でも……そんなに私って大変でしたっけ？」

「大変だろ？　最初はレイチェルに振り回されて、次は避暑地で竜と対峙《たいじ》して、紙おむつを作って貴婦人たちの注目を集めて、先日の騒ぎだ。……大変どころか、渦中にいないかい？」

「ホントだ!?　私、むっちゃ大変ですね!?」

思い返すととんでもない状況だった。

「ただ、どれも君でなければうまく解決できなかったかもしれない。よく頑張ってくれた」

「ありがとうございます！　でも、私だけの力じゃありません。クレイル様の援助があってこそです。本当に助かっています！」

「そう言ってもらえると、嬉しいね」

そんな会話をしていると、エンバーが近づいてきた。

「クレイルさん、ツムギさん。私たちのわがままを聞いてもらって感謝いたします。あの子のこと、よろしくお願いいたします」

「大丈夫です、任せてください！」

「ところで、ひとつ質問があるのですが、いいでしょうか？」

「なんですか？」

「リオンをお試しで預けたときの話ですが、私たちは身元の秘密を明かさないまま依頼しました。とても疑わしい行動だったと思います。断られることも覚悟していました。なぜ、受けたのですか？」

クレイルが即答した。

「それは、そこのツムギが君たちの想いに寄り添いたいと言ったからだ」

「ツムギさんが――ああ、お人好《ひとよ》しな感じですものね」

「そうだね、それがツムギだからね」

「違うんです！」

慌てて紬は否定した。なんだか、紬なら仕方ないよね、的な雰囲気で納得されそうだったから。

「私はですね、子供の心が読めるんです！」

クレイルとエンバーが驚いたような表情を浮かべる。紬は構わず続けた。

「そこでリオン君の心の声が聞こえてきて……正体が竜だというのまではわからなかったんですけど、なんとなく信用できそうな雰囲気があったので、頑張ったんです！」

「根拠があったのか……」

クレイルの目は、そんなもの絶対にないだろう、と思い込んでいた人の目だった。ひどい。

だが、エンバーの反応はそれよりも深刻だった。まるで自失という感じの声をこぼす。

「あの子の……心が読めた？」

「はい。その、いつもじゃないんですけど、たまに、ですね」

しばらく考えてから、エンバーがぽつりと言った。

「そんな……できるはずが、ない……人化の術をかけたとき、精神面もプロテクトしたはずだから」

「へ？」

言われてみると、確かにリオン少年の心は読みにくかった。読めたときも、ノイズが入っているかのような感覚で、他とは明らかに違った。読める頻度も少なく、なんとなく、リオンが強く心に描いたものだけが伝わる感じだった。

「古竜の魔法を突破した……？　普通の人間にそんなことできるはずが……だとすれば――」

などとエンバーはぶつぶつつぶやいている。

そこでクレイルが不安そうな声で割って入った。

「……ところで、心が読めるのは子供だけなのかな？　私の心が読まれたりはしないよな……？」

「大丈夫ですね。小さい子供だけです！」

「それはよかった……」

本当に、心底からホッとした様子でクレイルが胸を撫《な》で下《お》ろす。

どうやら隠したい秘密があるようだが、

（……大貴族の嫡男なのだから、色々と知られると困ることでもあるんだろうな……）

そんなふうに紬は解釈した。

エンバーが結論を口にした。

「ツムギさん、あなたはすごく面白い人ね。想像以上の選択だったかもしれない」

「それには同意するよ、エンバーさん。彼女は面白い人だ。ただ、その面白さが彼女自身にはわかっていないようだけど」

「ちょ、ちょっと！　なに二人で納得しているんですか⁉　エンバーさん、なにか隠していますか⁉」

少し考えてから、エンバーはこう答えた。

「言わないほうがいいと思うの。そのほうが、きっとあなたは正しく運命に導かれる気がするから」

「いーみーしーんんんん！　気になることが増えただけじゃないですかあああ！」

「あ、リオンが呼んでいる。行かなきゃ」

「待ってください、今、リオン君、レイチェル様と追いかけっこしているだけでしたよ⁉　そういうキャラでしたっけ⁉」

謎だけを残してエンバーは移動してしまった。

頭を抱える紬にクレイルが声をかけた。

「やっぱり君は面白いね、ツムギ」

「落ち着きがない、変な女性で申し訳ありません……」

「いやいや、そう落ち込まないでいい。君がいると日常が華やぐんだ、君は君らしく振る舞ってくれると嬉しいよ」

そこで遠くからレイチェルの声が飛んできた。

「ツームーギー！　クレ兄《にい》いいいいい！　追いかけっこしよーよー！」

「呼ばれましたね」

「呼ばれたか、よし、大人の本気を見せてやろう」

「クレイル様、そういうキャラでしたっけ？」

「意外とね、私は勝負事には手を抜かないんだよ」

楽しい時間はあっという間に過ぎていき、やがて、

「それでは、そろそろ出発しようと思います」

エンバーがそう言った。

今までの軽やかな空気は一瞬にして、湿っぽさを含んでしまう。当然だ、母親と息子の別れなのだから。リオン少年もそれを察したのだろう、何かをこらえるような表情で母親を見た。

「あの、すみません！」

そこで紬が声を張りあげる。

「最後に、記念撮影をしましょう！」

「記念撮影？」

その言葉は、こちらの世界では使われていないのだろう。紬は皆が首を傾《かし》げていることなど気にせずに、

「ええと、こっちに移動してください！　こっち。横に二列で並んでください！　エンバーさんとリオン君を中央に！　他は周りを固める感じで。クレイル様は背が高いので後ろで！」

などと言いながら、彼らを並ばせる。

エンバー親子を囲むように列を作ってから、紬は両手の指で矩形《くけい》を作った。

「いきますねー。撮りますよー、ピクチャー！」

ぱちり、という音とともに、みんなを写した映像が生み出される。

今まではここで終わり、映像は消えるのみだったが――

紬は次に続く言葉を口にした。

「プリント！」

その瞬間、映像が質量を持って具現化し、ポロリと紬の足元に落ちた。

映像を形にして保存する魔法――プリントだ。

エンバーと別れる息子のために、彼らの映像を残してあげたい。そう考えた紬はトレイシーのもとに出向き、プリントの魔法を教えてくれと頼んだのだ。

「うーん……まだ早いんじゃないかな？　おまけに数日でマスターしたいだなんて」

「それでもお願いします！　頑張りますから！」

渋るトレイシーを説得して術理を教えてもらい、それから不眠不休の勢いで練習を重ねた。

どうしても、この映像だけは残しておきたかったから。

で、結局、前日に初のプリントに成功した。

「いやはや……まさか三ヶ月でそこまでできちゃうなんてね。君の才能には底知れないものがある──実に将来が楽しみだ」

前世で見た印刷プリンタでガチャガチャ印刷するイメージを描けたのが大きいのかもしれない。

紬は二枚目の撮影をした。

「ピクチャー！　プリント！」

二枚の写真を拾い上げた後、出来を確認してから紬は叫ぶ。

「終わりました！　ありがとうございます！」

そして、エンバー親子のもとへと歩いていき、

「これを差し上げます」

「これは──？」

エンバー親子だけではなく、みんなが興味津々で見つめている。

それは以前、怜《れい》に見せた未熟な解像度の映像からは格段の進化を遂げたものだった。現在のスマ

ホの写真にもほど近い、美しく鮮やかな精細さが表現されている。

ずっとずっと練習を重ねてきた成果がこれだ。

写真を受け取ったリオンが興奮の声を上げる。

「わあ、すごいすごい！　お母さんの顔がはっきり写ってる！」

「これは、どうして？」

「お二人がしばらくお別れになりますから……その、寂しくないかな、と思いまして」

「ありがとう、ツムギ！　すごく嬉《うれ》しいよ！」

「人間らしい気遣いですね……少し心に触れるものがあります」

そう答えて、エンバーは大切なものを扱うような手つきでそれを撫でた。

紬の時間が終わり、エンバーの時間になる。エンバーは周りに視線を巡らした。

「押しかけた私どもをこんなにも手厚くもてなしていただきありがとうございます。愚息を残していくのが心苦しいですが、何卒《なにとぞ》よろしくお願いいたします。厳しく躾《しつ》けてやってください」

そして、もう涙でぐしゃぐしゃになっている息子の頭を撫でた。

「いい、リオン。皆様のいうことを聞きなさい。人間界には人間界のルールがある。あなたはそれを知る必要がある」

「うん」

「迷惑をかけないように。そうすれば、お母さんもすぐに戻ってくるから」

「本当に？」

「はい。いい子でいるのよ？」

「うん！」

リオン少年はエンバーにひしっと抱きついた。

息子の頭をずっと撫でながら、エンバーが視線を紬に向ける。

「そうそう、言い忘れていました」

「なんですか？」

さては、さっき匂わせたことを教えてくれるのかな……と紬は少し期待したが、彼女が口にしたことは全く別のことだった。

「あなたのことを、知り合いの古竜たちにも伝えておきます。王都で働くツムギさんのことをよろしく、と。うまく彼らの機嫌を取れれば、困ったときに力を貸してくれるでしょう」

「は？」

ええと、それはつまり――

と考えている紬に、エンバーが正確な『つまり』を教えてくれた。

「これで噂《うわさ》通りの『竜の巫女《みこ》』になれますね？」

エンバーと話した言葉を紬は思い出す。

――己の力を示して世界中の竜を従えた竜の巫女だと聞きましたけど？

「え、いや、その……私そういうのになりたいわけではないんですけど!?」

「あ、もう時間ですね。行きます」

「いや、時間って!?　そういうキャラでしたっけ!?」

エンバーの体が消えて、光の粒子となって天上へと舞い上がる。

次の瞬間、晴れ渡った空が急激に翳《かげ》った。見上げると、そこにはあの夜に見た、絶望の代名詞のような巨大な竜がそこにいた。

だけど、胸に去来する感情はあのときとは違う。

寂寥《せきりょう》だけがみんなの胸に去来していた。

「ばいばい、お母さん！　早く良くなってね！　待っているからね！　いい子で待っているからね！」

大泣きのリオンが両手をぶんぶんと振っている。

そんな息子に優しげな視線を一度だけ送り――

すごい速度で竜が飛び立った。あれだけ大きかった体はあっという間に小さくなり、やがて黒い点となって蒼天《そうてん》に消える。

「ううううう！　お母さん！　お母さん！　お母さあああああああん！」

リオンの振っていた手が止まり、声が止まり、立ち止まって顔から溢《あふ》れる涙を両手で拭《ぬぐ》っている。

紬はリオンの横に膝《ひざ》をつき、その背中をさすった。

「大丈夫、すぐに帰ってきてくれるから。それまでは私がお母さんの代わりをするから。寂しくないよ」

「う、うううう！」

抱きついてきたリオン少年の体を紬は優しく受け止め、そっと背中に両腕を回した。

エンバーを見送ってからしばらくして、怜が屋敷にやってきた。

「やあ、紬。最近はどうだった？」

「いやー、大変だったよー」

紬はエンバー親子の顛末《てんまつ》を細かく語って聞かせる。聞き終わると、怜が楽しそうな口調で感想を話した。

「実に波瀾万丈《はらんばんじょう》だねえ。なかなか楽しい日々を過ごしているじゃないか」

「楽しいかなー……退屈はしてないけど……」

「おまけに、どうやら名実ともに竜の巫女になってしまうなんて！」

「やめてー！　そういうタイプじゃないから……エンバーさんの冗談だと思いたい……」

「それだけ、きっと君に感謝しているってことさ。いや、ひょっとすると、それだけが理由ではないのかもしれない」

「どういうこと？」

「ほら、別れの日の話さ。母ドラゴンの魔法を突破して息子の心を読んだことを驚かれたって」

「うん」

「君には、普通じゃない力があるんじゃないかな」

「ええ？　そうかなあ……」

「君は本当に、たまたま聖女と間違えられて召喚されたのだろうか？　ひょっとすると、他の何か――別の役割があって呼び出されたのかもしれない」

「それはなんなの？」

「全ては私の仮説でしかない。真相はまだまだ遠いね」

「もー、からかって！　そういうのじゃないです！　私は普通の保育士ですから！」

「どうかな。まあ、今はそういうことにしておこう」

そこで怜が話題を変える。テーブルの上に置いてある木箱にちらりと視線を向けた。オルゴールくらいの大きさで、紬が持ち込んできたものだ。

「ところで、それは？」

「これはねー、怜さんに見せようと思って部屋から持ってきたんだ」

待ってましたとばかりに、紬は木箱の蓋《ふた》を開く。そこにはたくさんの封筒が入っていた。

「じゃじゃーん！　これは紙おむつを使った人からの感謝の手紙です！」

そう言って、一番上の封筒から便箋《びんせん》を取り出した。

「『便利なものを作ってくれて助かっています！　大変だったおむつの処理がこんなにも簡単にできるなんて！　もっと早く知りたかったです！』だって」

「へえ、感謝の手紙か」

怜は順に手紙を取り出して眺める。いつもは鋭い怜の視線がゆっくりと和らいでいった。

「嬉しいの、怜さん？」

「そりゃあねえ……開発したものは我が子のようなものだから。喜んでくれるのなら、それは嬉しいよ。それなりに苦労しているからねえ……」

「本当にそうだよねえ」

紙おむつを売り出してから、多くの感謝をもらった。手紙だけでも数多いのに、礼の言葉はそれ以上にもらっている。

「紙おむつ、作って良かったね」

「うん、報われるものがあるな」

そして、間を置いてからこう続けた。

「よし、意欲が湧いてきた。そろそろ抱《だ》っこ紐《ひも》の開発を進めるべきか。紙おむつの量産化も目処《めど》がついてきたからな」

「お、いよいよだね！」

「早く手がけたくはあったのだけど……ようやく余裕ができてきたかな」

「お疲れ様……ひょっとして、抱っこ紐って大変そうだから、もう少し簡単なものから進めたほうが良かったりする？」

「簡単なもの？　例えば？」

「ええと……お尻拭《しりふ》きとか」

「お尻拭き？　なんだい、その珍妙なものは？」

「赤ちゃんの肌って敏感で柔らかいんだよね。だから、お尻を拭くとき専用のシートがあるの。しっとりした使い捨てのシートなんだけど」

「へえ……だけど、お尻を拭くのならティッシュでも充分では？」

「そうなんだけど、実はそれ以上に便利なんだよね」

「たとえば？」

「手を拭くのにも使えるし、テーブルを拭くのにも使える。お尻拭きって名前のせいで損しているけど、万能アイテムなんだよ、あれは！」

紬は力説した。いいものは正しく評価されたいから。お尻拭きは子供がおむつを卒業した後も使える超便利アイテムなのだ。

「試供品の開発から進めるのは悪くないかな。いずれにせよ、次の開発を進める必要があるからね」

少し考えてから、怜がポツリとつぶやいた。

「……やはり、研究所を作るべきかな……」

「研究所⁉」

「こちらの世界には作るべきものがたくさんある。紙おむつの工程をモデルケースとして、効率よく進めるための体制を構築するべきだ」

「すごいよ、怜さん！」

「せっかくなら使っていない領地でももらって、大規模な研究都市でも作ってみようかな」

そんな話をしていると、ドアをノックする音が響いた。

『すまない、ツムギ』

隣で仕事をしているクレイルの声だ。

『君宛の手紙が来ていてね……差出人が興味深いんだ。よければ、今すぐ見てもらえないか？』

「はい、いいですよ！」

紬の返事を受けて、クレイルが部屋に入ってくる。

「これだよ」

受け取った封筒の差出人を紬は読みあげた。

「ええと……グレードアラン商会のミズリアさん？」

「王都一の大商会で、ミズリアはそのトップだ」

「へ？」

前世で例えるのなら、スーパー大企業の社長さんが紬に手紙を送ってきてくれたようなものだ。

普通、そんなことありえないよね？

そんなことを思いつつ、紬は封筒の中から便箋を取り出して眺める。

そこには――

紬は怜の顔を見た。

「なんか、紙おむつの販売を扱わせて欲しいって⁉」

そう、そこには紬が今言った言葉が、とてつもなく丁寧な口調で書かれていた。

クレイルがつぶやく。

「やっぱりか。なんとなく差出人からして、そうじゃないかと思って持ってきたんだ。聖女のレイ様がいる間に話をしておいたほうがいいだろう？」

怜は口元に愉快そうな笑みを浮かべていた。

「実に面白いね」

そして、紬から受け取った手紙に目を通す。

「ははあ、なるほど……貴族だけに使われていてはもったいない。大商会の調達力で原材料のコストダウンをはかり庶民にも手に入りやすい価格にして全国の販売網を使って売り出したい、と」

「すごいねえ……どうしようか、怜さん？」

「何事もがっつくことはよくない。特に海千山千の商人相手にはね。まずは話を聞くとしよう。だけど、まあ、受けることになるんだろうね」

ふふふ、と笑ってから、怜が続ける。

「まさに、紙おむつ、世界へ！　という感じかな？」

とんでもない展開に紬は目を回してしまいそうだった。二人でひっそり作り出したものが、貴族たちに気に入られて量産化が始まり、とうとう庶民のところまでたどり着く。

（すごいことになっているなあ……）

どうしても胸がわくわくしてしまう。

この世界に来てから、ずっと新しいことが開いていく日々だった。どうやらまだ終わりはないらしい。これからもぐんぐん開いていく。

映像魔法だって、まだまだ紬の立ち位置は序の口で、トレイシーの域にまでたどり着ければ、どんな気分になれるのだろう。

夢のように楽しいことが、こんなにもたくさんあるなんて。

一体、この日々はどこまで続くのだろう。

それを思うと胸の高揚が止まらない。望めるのなら、ずっと終わらないで欲しい。こんな楽しい気持ちを追いかけ続けたいと思う。

きっと怜と二人なら——いや、見守ってくれる皆となら、そんな日々を過ごせるだろう。

「ああ、楽しみだなあ！」

きっと未来は、とても明るく輝いているのだから。

あとがき

初めまして、三船十矢《みふねとや》と申します。読み方は『みふね・とや』です。

本作はカクヨムで行われた『楽しくお仕事 in 異世界』というコンテストで受賞し、出版する運びとなった作品です。

どんな作品にも作者の価値観や実体験が反映されているものですが、濃淡は変わってきます。

本作はどうかというと、それはそれは濃い――本当に特濃ですね。

ちょうど子育てをしている時期でして、この小説に書いている細々としたことの多くは実体験をベースに書いています。

冒頭でレイチェルの音読に対して、紬が『セリフも人間味をしっかりと表現できている』と感心するシーンがありますけど、あの辺は子供の音読を聞いて思ったことをそのまま書いているんですよね。

あれ……ひょっとして、ただの親バカを全国に表明していたりしますか？

そんな感じで育児中に思ったことがあちこちにちりばめられているので、読み返すと、ああ、あの頃は色々あったよなあ……と感慨深いものがあります。

子育てがテーマの作品なので、手に取ってくれた人には子育て経験者も多いんじゃないかな、と思っています。子育ての苦労って、わりと似ている部分も多いので、あるある、あったわーみたいに共感してもらえると嬉《うれ》しいですね。

で、その子育て時にお世話になったのが保育士さんでして——

もうホントね、この人たち、神では？　といつも思っていました。

保育園に子供を預けるのって、マジでリアルタイムアタックなんですよ。その後に会社への出勤という大イベントがありますので。でも、子供には関係ない事情ですから、ギャン泣きして抵抗することもあります。いやあああ！　とか叫んで床に寝そべられたときの絶望感とか、もうね……。

まあ、容赦なく連れていきますけど。リアルタイムアタックなので。

そんな暴れ泣く子供でも、保育士さんは笑顔で預かってくれます。どうしたの～？　とか言って抱っこしながら。

神か？　神なのか？　落ち着かせてから預けろよ、とか言わないの？　言わないいんだなあ……。

保育士さん、本当にありがとうございます！　まさに育児戦線のオアシスです！

そんな気持ちのままに書いたのが本作です。言葉が通じない子供を相手にするためか、保育士さんって人当たりのいい人が多いんですよね。こういう感じがザ・保育士さん！　という私の印象を具現化したのが紬《つむぎ》だったりします。

まさに『今この瞬間』だからこそ書けた作品なので、それが本になったのは幸せなことですね。

それでは謝辞です。

イラストを担当してくれた中條《ちゅうじょう》由良《ゆら》先生、お美しい絵を提供していただき感無量です。紬のデザインがお気に入りですね。普通、という感じだけど、いい感じに主人公で。バランスが素敵です。

本作に関わってくれた全ての方々と、手に取ってくれた読者様に感謝いたします。

ありがとうございました。

カドカワBOOKS

残念《ざんねん》ながら、ハズレ聖女《せいじょ》でした
~保育士《ほいくし》は幼児《ようじ》や竜《りゅう》の子《こ》とともに楽《たの》しく暮《く》らす~

2023年12月10日　初版発行

著者／三船十矢《みふねとや》

発行者／山下直久

発行／株式会社KADOKAWA

〒102-8177
東京都千代田区富士見2-13-3
電話／0570-002-301（ナビダイヤル）

編集／カドカワBOOKS編集部

印刷所／大日本印刷

製本所／大日本印刷

●お問い合わせ
https://www.kadokawa.co.jp/（「お問い合わせ」へお進みください）
※内容によっては、お答えできない場合があります。
※サポートは日本国内のみとさせていただきます。
※Japanese text only

Printed in Japan
ISBN 978-4-04-075209-9 C0093

新文芸宣言

かつて「知」と「美」は特権階級の所有物でした。

15世紀、グーテンベルクが発明した活版印刷技術は、特権階級から「知」と「美」を解放し、ルネサンスや宗教改革を導きました。市民革命や産業革命も、大衆に「知」と「美」が広まらなければ起こりえませんでした。人間は、本を読むことにより、自由と平等を獲得していったのです。

21世紀、インターネット技術により、第二の「知」と「美」の解放が起こりました。一部の選ばれた才能を持つ者だけが文章や絵、映像を発表できる時代は終わり、誰もがネット上で自己表現を出来る時代がやってきました。

UGC（ユーザージェネレイテッドコンテンツ）の波は、今世界を席巻しています。UGCから生まれた小説は、一般大衆からの批評を取り込みながら内容を充実させて行きます。受け手と送り手の情報の交換によって、UGCは量的な評価を獲得し、爆発的にその数を増やしているのです。

こうしたUGCから生まれた小説群を、私たちは「新文芸」と名付けました。

新文芸は、インターネットによる新しい「知」と「美」の形です。

2015年10月10日
井上伸一郎

最強の眷属たち——
その経験値を一人に集めたら、
史上最速で魔王が爆誕!?
第7回カクヨム
Web小説コンテスト
キャラクター文芸部門
特別賞